Johannes I. L. Pfeiffer

Schrift-Art

IN DIESEM BUCH greift der Autor in Kurzge-
schichten viele wichtigen Themen des Lebens auf:
Familie, Liebe, Verluste, Bindungen, Ängste und
Freude. Dabei bewegt er sich in unterschiedlichen
Genres, die Erzählungen sind vielschichtig und
lebensnahe, oft mit einem unerwarteten Ende.

DER AUTOR ist Ingenieur und schreibt seit seinem zwölften Lebensjahr Kurzgeschichten, Novellen
und Romane in den Bereichen Belletristik, Science-
Fiction, Fantasy und Aphorismen. Zu seinen Lieb-
lingsautoren gehören Hemingway, Kafka, Pessoa,
Poe, Malaparte, Chatwin, Hesse und Mann.
    Das hier ist sein viertes veröffentlichtes Buch.
Weitere folgen.

Bereits veröffentlicht:
Schriftkram   ISBN 978-3-759-77013-4
Schrift-Gut   ISBN 978-3-759-77036-3
Geschichten aus dem Nachbarschaftscafé
                         ISBN 978-3-759-75293-2

Johannes I. L. Pfeiffer

Schrift-Art

Bibliografische Information der Dt. Nationalbibliothek: Die Deutsche Nationalbibliothek verzeichnet diese Publikation in der Deutschen Nationalbibliografie; detaillierte bibliografische Daten sind im Internet über dnb.dnb.de abrufbar

Die automatisierte Analyse des Werkes, um daraus Informationen insbesondere über Muster, Trends und Korrelationen gemäß §44b UrhG („Text und Data Mining") zu gewinnen, ist untersagt.

© 2024 Johannes I. L. Pfeiffer
Verlag: BoD • Books on Demand GmbH, In de Tarpen 42, 22848 Norderstedt
Druck: Libri Plureos GmbH, Friedensallee 273, 22763 Hamburg
ISBN: 978-3-7597-2902-6
Lektorat für *Die Mutter* durch Ina Broich, Lektorat und Korrektorat - www.inabroich.de.

Hinweis in eigener Sache

Ich liebe die Kurzgeschichten und Erzählungen von Ernest Hemingway, Franz Kafka, Thomas Mann, Hermann Hesse, Edgar Allan Poe und Philip K. Dick. Sie haben ihre Stilrichtungen zur Perfektion gebracht. Ich stehe nunmehr auf den Schultern dieser Giganten und kann weit springen.

Kurzgeschichten

Australien

Der Mann stand an der Bushaltestelle und schlug den Mantelkragen hoch. Ihm war kalt. Ab und zu sah er auf die Armbanduhr, während er die Straße beobachtete. Er wirkte unbeteiligt, einfach wie jemand, der auf den Bus wartet. Hin und wieder sah er zu den Häusern auf der anderen Straßenseite hinüber. Hier standen Reihenhäuser. Der Mann war mittelgroß, schlank, dunkle Haare und dunkle Kleidung.

Nach einer Viertelstunde ging ein weiterer Mann die Straße hinab. Er trug Flugblätter in den Händen. Bei dem Mann an der Bushaltestelle blieb er kurz stehen und reichte ihm wortlos einen Zettel. Dieser holte Geldscheine aus der Hosentasche und gab sie dem anderen, der sie wie beiläufig einsteckte. Der Mann bat um einige Flugblätter und der andere händigte sie ihm aus. Dann nickte er und ging weiter.

Der Mann an der Bushaltestelle sah auf die Uhr. Es begann dunkel zu werden. Die Straßenlaternen gingen an. Er holte ein Handy aus der Manteltasche und rief ein neues Straßenkartenleseprogramm auf. Er gab verschiedene Adressen nacheinander ein und prüfte die Entfernung. Dann betrachtete er die Adressen über ein Satellitenprogramm. Er prüfte die Lage der Häuser, wählte eine Adresse aus. Während er dem blauen Strich auf dem Handy folgte, blieb er ab und zu stehen und sah sich um. Den Ton hatte er ausgemacht. Als er das Ziel erreichte, war es schon dunkel. Er ging bis zum Ende der Straße und kehrte auf der anderen Straßenseite zurück.

Er ging an Häusern mit beleuchteten Fenstern vorbei. Mütter stellten Speisen auf die Esstische, von fröhlichen Familienmitgliedern umgeben. Er wandte den Blick ab und ging langsam weiter. Als er die gesuchte Adresse erreichte, blieb er stehen und sah sich um. Ein Wagen fuhr an ihm vorbei. Die Scheinwer-

fer waren aufgetaucht, wischten über die Bäume und Garten
zäune und verschwanden hinter der nächsten Kurve.

Der Mann gelangte durch die Querstraße auf die Rückseite des Gebäudes, umrundete es langsam, kehrte zur Vorderseite des Hauses zurück. So konnte er sich alle Seiten des Grundstückes anschauen und prüfen. Er betrat die Einfahrt links vom Gebäude, blieb am Anfang stehen und betrachtete die angrenzenden Grundstücke. Niemand war auf der Straße zu sehen. Er hielt sich ganz links, ging am hohen Holzzaun entlang und blieb am Carport stehen, direkt am Gebäude. Alles blieb dunkel, keine Bewegungsmelder aktivierten die Außenlampen. Kein Hund kläffte. Der Mann wartete noch einige Augenblicke, dann trat er an die Hauswand, die Haustür, daneben ein Fenster mit dunklen Gardinen. Er hielt die Flugblätter gut sichtbar in den Händen. Eine gute Ausrede für seine Anwesenheit – falls doch jemand zuhause war.

Aus der Jackentasche holte er Handschuhe, die er sich überzog, dann eine Metallschiene und einen Schraubenzieher. Er setzte die zwei Werkzeuge an und hebelte die Tür auf. Instinktiv hatte er sich darauf vorbereitet, einen lauten Warnton zu hören und sofort fliehen zu müssen. Nichts geschah. Er drückte die Tür auf und trat ein. Sofort schloss er die Tür wieder hinter sich und sah sich um. Er stand in einem Flur, von dem weitere Räume abgingen. Links führte eine Treppe nach oben. Bevor er einen weiteren Schritt machte, zog er Überschuhe aus blauem Kunststoff an. So begab er sich in den nächsten Raum, die Küche. Angrenzend das große Wohnzimmer mit Esstisch. Auf dem Tisch waren Papiere ausgebreitet. Vor dem Fernseher stand eine Couch in L-Form.

Der nächste Raum war ein kleiner Raum, in dem Vorräte und das Bügelbrett untergebracht waren.

Das Gäste-WC vervollständigte das Erdgeschoss. Dann ging er die Treppe nach oben. Er schaltete das Licht nicht ein. Die umgebenden Häuser waren bewohnt. Wenn die Nachbarn wussten, dass die Leute aus diesem Haus seit Tagen nicht da waren, musste Licht auffallen. Er hatte den albanischen Flugblattausträger für die Info bezahlt, welche Häuser seit Tagen ihre Post nicht reinholten. Die Albaner verkauften diese Kenntnisse auch an andere.

Er sah sich langsam in dem Obergeschoss um. Zwei Kinderzimmer, offensichtlich von Teenagern, Junge und Mädchen. Schlafzimmer. Er durchsuchte Nachttische und Kleiderschränke, fand Geld und Schmuck und nahm alles an sich.

Im separaten, fensterlosen Arbeitszimmer stand ein neuer Laptop auf dem Tisch, großer Monitor, Aktenschränke mit Unterlagen. Er setzte sich an den Laptop, schaltete ein und wartete, bis der Startbildschirm erschien. Von draußen war er nicht auszumachen, das Licht des Laptopmonitors drang nicht durch die dichten Vorhänge.

Kennwort

Er sah sich um. Nach einigen Sekunden hob er den Laptop hoch und fand darunter einen Zettel mit durchgestrichenen Worten. Das letzte war nicht durchgestrichen und so tippte er *Australien_2024* ein. Der Bildschirm wurde freigegeben. Er rief den Explorer auf und tippte *Code* ein. Keine Ergebnisse. Dann versuchte er es noch mit *Kennwort*, *Schlüssel* und anderen. Keine Ergebnisse. Manchmal lagerten die Leute ihre wichtigen Unterlagen hier ab. Aus früheren Einbrüchen wusste er, dass die meisten Leute faul waren und sich einfache Kennworte aussuchten und wie in diesem Falle sich die Kennworte noch notierten und in der Nähe des Laptops lagerten, falls sie sie vergessen hatten. Der Mensch war faul und bequem. Es kam ihm stets zugute.

Er durchsuchte den Explorer nach Kennworten wie „Code, Kennwort, Zugang, Eintritt, auch Zutritt..." – fand eine Worddatei. Dort waren die Kennworte für viele Konten, wie zum Beispiel für Bewerbungen, abgespeichert. Dazu verschiedene TV-Kabelsender Nichts von Banken und Sparkassen. Einige Internetkennworte und E-Mail-Namen. Das war für ihn nicht interessant. Er druckte die Seiten aus und legte sie neben den Laptop.

Er druckte alle Seiten mit den Kennworten aus. Sicherheitshalber. Er widerstand der Versuchung, sich in seinem Browser anzumelden. Er durfte keine Spuren auf dem Rechner hinterlassen.

Er sah sich aufmerksam im Zimmer um, bemerkte die zahlreichen Bücher über Australien neben und hinter dem Laptop. Er zog sein Handy hervor und fotografierte alles. Dann nahm er ein `lonely planet´ Buch in die Hand und blätterte es mit seinen Handschuhen durch. Er las sich vieles durch, betrachtete die Fotos und Abbildungen. Er dachte an seine Eltern, wischte die Erinnerungen an sie beiseite.

Er stellte das Buch zurück und bemerkte einen dicken Umschlag neben den Büchern. Er öffnete ihn und breitete die Unterlagen vor sich auf der Tastatur aus. Vier Flugscheine lagen dort, ebenso die Pässe der Familie. Er blätterte die Pässe durch. Vater, Mutter, zwei Töchter. Der Mann blickte ratlos in die Kamera. Hübsche Frau, aufgeweckte, hübsche Töchter. Der Mann ähnelte ihm. Er betrachtete das Gesicht des Mannes eindringlich. Unbewusst nahm er die Mimik des Mannes an. Er prüfte die Flugscheine. Der Abflug sollte in 14 Tagen sein. Mit Aufenthalt in Singapur. Dauer ca. 14 Stunden. Früher war er auch schon mal geflogen. Den Flugschein sah er mehrmals durch, ließ seine behandschuhten Finger über das Papier gleiten. Er legte alles wieder zurück in den Umschlag.

Australien!

Immer wieder das Land auf der anderen Seite des Planeten! Er legte bedauernd den Umschlag zurück auf seinen Platz, schloss die Augen und atmete durch. Er durchforstete den Laptop und fand viele schöne Urlaubsfotos, Schnappschüsse. Vor allem aus Spanien und Italien. Immer wieder ertappte er sich dabei, dass er die Fotos länger betrachtete. Wie gerne hätte er auch diese Urlaubsorte aufgesucht und die freie Zeit genossen.

Australien!

Seine Eltern...

Er sah sie vor sich stehen. Sein Vater hob ihn hoch und drückte ihn. Seine Mutter gab ihn einen Kuss und fuhr mit der Hand durch seine Haare. Alle drei lachten. Sein Vater setzte ihn wieder auf den Boden.

Seine Mutter hockte sich vor ihn.

„Hallo Thomas, bald werden wir nach Australien auswandern, mein Sohn. Dort werden wir uns eine neue Zukunft aufbauen können. Jetzt fahren wir zur Botschaft nach Bonn. Die Nachbarin wird auf dich aufpassen, bis wir wieder da sind."

Beide herzten ihn. Dann brachten sie ihn zur Nachbarin, die ihn gerne bei sich aufnahm.

„Hallo Thomas!", begrüßte ihn die Nachbarin. „Erich spielt im Kinderzimmer. Er wartet auf dich!" Die Eltern verabschiedeten sich. Thomas winkte ihnen von der Tür aus. Dann zog die Nachbarin ihn langsam rein und schloss die Tür. Er spielte Lego mit Erich.

Später am Abend klingelte es an der Tür. Thomas lief los, weil er seine Eltern erwartete. Als die Nachbarin die Tür öffnete, standen zwei Polizisten vor der Tür. Sie berichteten der Nachbarin von Thomas Eltern, die in einen schweren Verkehrsunfall verwickelt gewesen waren. Beide seien tot, berichteten die Polizisten. Sie fragten nach, ob Thomas noch bei der Nachbarin bleiben könne, bis das Jugendamt sich melden würde.

Die Nachbarin nahm Thomas fest in den Arm und drückte ihn an sich. Er verstand nicht, was geschah.

Einige Tage später…

Er erinnerte sich an fremde Gesichter. Frauen und Männer, die ihn begrüßten und an die Hand nahmen. Er wurde in ein Büro gebracht, Telefonate, immer wieder Absagen. Irgendwann sah die Frau über den Schreibtisch auf ihn hinunter.

„Wir müssen dich in ein Kinderheim bringen, Thomas. Niemand aus Deiner Familie kann dich bei sich aufnehmen".

Sie nickte ihrem Kollegen zu und sie fuhren ihn zu einem großen Gebäude zwischen hohen Bäumen. Hier waren freundlich lächelnde Damen, die ihn bei sich aufnahmen. Er wurde in ein Büro gebracht, wo Formalitäten besprochen wurden. Er sollte so lange dortbleiben, bis jemand ihn abholen würde.

Eine Frau führte ihn zu einem Zimmer, wo vier Betten nebeneinanderstanden. Sie brachte seine Sachen in einem der Schränke neben dem Bett unter und zeigte ihm alles. Toilette auf dem Gang, den Frühstücksraum, den Aufenthaltsraum, wo zahlreiche andere Kinder saßen und spielten oder malten.

„Nachher gibt es Abendessen!", meinte die Frau und setzte ihn an einen der Tische.

Hier sollte er malen. Aber er weinte nur und rief nach seiner Mutter. Ältere Kinder machten sich lustig über ihn, äfften sein Weinen nach. Er stand auf und ging in eine Ecke des Zimmers, wo dicke mit Sand gefüllte Säcke standen. Er kannte die von zuhause und warf sich in einen hinein und weinte bitterlich.

„Heulsuse!", rief einer der älteren Jungs.

Eine Aufsichtsperson war anwesend, der den älteren Jungen zurechtwies und sich neben den weinenden Jungen hockte.

„Wie heißt du?", fragte er den Jungen.

Der Junge hörte auf zu weinen und wandte ihm sein tränenverschmiertes Gesicht zu.

„Thomas!", sagte er leise.

Der Mann strich ihm über den Kopf.

„Du brauchst hier keine Angst zu haben, Thomas. Ich passe auf Dich auf!"

Thomas fand die Berührung unangenehm, wagte aber nicht etwas zu sagen. Der Mann erhob sich, als er von der Tür aus gerufen wurde. Thomas beruhigte sich. Später ging er mit den anderen zum Abendessen in den Nachbarraum. Lange Tische mit Stühlen. Alle setzten sich. Thomas griff nach einem Brötchen, hielt aber inne, als die andern ihn nur ansahen.

„Du musst warten, bis alle sitzen!", sagte ein grö-ßerer Junge zu ihm, der am Kopfende saß und die Kleineren übersah.

Thomas hatte Hunger. Er beobachtete die anderen Kinder, die sich setzten und ruhig saßen. Erwachsene kamen und setzten sich an den Tisch am Kopfende. Es wurde ein kurzes Gebet gesprochen, und alle griffen zu. Er war zu langsam, die Brötchen fischten die älteren weg. Er konnte sich eine Scheibe Brot schnappen. Der Platte mit dem Aufschnitt war umgehend leer. Thomas schaute zu, wie die größeren Kinder sich die leckeren Dinge nahmen. Ihm blieb etwas Marmelade, welche ein älteres Mädchen neben ihm auf seinen Teller löffelte.

Er kämpfte damit, die Marmelade mit einem Löffel auf seine Brotscheibe zu kriegen. Die Marmelade fiel daneben, auf den Tisch. Er weinte. Das ältere Mädchen, das ihm mit der Marmelade geholfen hatte, beugte sich zu ihm, kratzte mit ihrem Messer die Marmelade vom Tisch und schmierte sie auf seine Brotscheibe und legte sie auf seinen Teller. Thomas weinte leise, während der die Scheibe aß.

Nach dem Essen blieben die Kinder sitzen. Erst als die Erwachsenen fertig waren und sich erhoben und den Raum verließen, durften auch die Kinder aufstehen. Thomas passte sich an, folgte den anderen. Einige gingen in den großen Aufenthaltsraum, andere gingen nach oben. Ohne viel zu überlegen, ging er neben dem Mädchen, welches ihm geholfen hatte. Er sah zu ihr hoch. Sie bemerkte ihn und fragte ihn, wie er heiße.

„Thomas!", sagte Thomas verhalten.

„Wie alt bist du?"

Thomas lächelte.

„Vier Jahre!"

Er war stolz darauf.

Das Mädchen sah zu ihm hinunter.

„Ich heiße Petra. Wenn du Fragen hast, dann frag mich einfach. Jetzt muss ich woanders hin. Du gehst mit den anderen hier die Treppe hoch, Zähneputzen."

Thomas erinnerte sich an die ersten Tage in dem Waisenhaus. Er wusste nichts und musste schnell lernen. Das ging am schnellsten durch Hunger. Wenn er langsam war, blieb er hungrig. Die Kinder gingen nach dem Frühstück in den nahen Kindergarten oder in die Schulen des Ortes. Thomas spielte mit den anderen Kindern. Er lernte, sein Essen schnell zu nehmen und es rasch zu essen, bevor andere kamen und es wegnehmen konnten. Manchmal waren die Größeren schneller und nahmen ihm die leckeren Dinge weg, wie Süßigkeiten oder Nougatcreme. Thomas weinte viel. Manchmal wurde er auch von älteren Jungs einfach beiseite geschubst oder geschlagen. Er lernte sich zu ducken, zu verstecken. Er malte ein schönes Bild von einem Känguru, malte die Eltern und sich daneben und schrieb darüber: Australien.

Im Laufe der Zeit lernte er auch, dass die Gefahr nicht nur von den älteren Schülern ausging, sondern auch von den Erziehern. Einer, so merkte er rasch, war gerne mit den kleineren Jungs unterwegs, legte die Arme um sie, auch wenn sie es offensichtlich nicht mochten. Peter Groß, so hieß der Mann, war untersetzt, mit Bart und engen Cordhosen. Sein Geschlecht drückte sich durch die Hose. Andere Erwachsene mieden ihn.

Eines Tages strich er Thomas durchs Haar und meinte, dass er ihm etwas zeigen wollte. Er führte ihn aus dem Raum hinaus. Die anderen Kinder sahen weg. Am Ende des Ganges lagen die Toiletten. Thomas sah die Türen auf sich zukommen und wusste, dass er da nicht mit dem Mann hinwollte. Links kamen Leute die Treppen hoch. Einer war ein Lehrer. Thomas drehte sich weg und lief an dem Lehrer die Treppe hinab. Der Lehrer war oben an der Treppe stehengeblieben und sah Groß an. Der war einfach stehengeblieben, seine Hände griffen ins Leere. Er sah Thomas hinterher. Dann ging er einfach weiter, auf die Toilette. Die Blicke des anderen Lehrers folgten ihm.

Thomas wich Groß immer wieder erfolgreich aus. Als er fast sechs war, hatte er gelernt, sich in dem Schrank auf der Toilette vor ihm und den größeren Jungs zu verstecken. Er hatte dies zufällig entdeckt. Dort hatte er unter den Packen mit dem Klopapier ein Kinderbuch versteckt, in dem er gerne blätterte. Wenn er sich in dem Schrank versteckte, schloss er die Tür. Er setzte sich auf die Pakete. Durch die breiten Lüftungsklappen über ihm drang genug Licht herein, um die Bilder lesen zu können. So durchblätterte er immer wieder das schöne Buch über Australien und stellte sich vor, wie er mit seinen Eltern da war, Kängurus und andere Tiere beobachtete, mit ihnen am Meer war und Wale schaute. Er verbrachte lange Zeit in seinem Versteck. Er hatte rasch zu lesen begonnen, lernte schnell und die Erzieher waren zufrieden mit ihm.

Es machte ihm nichts aus, dass er die Geräusche der anderen Kinder mitbekam, wenn sie auf die Toilette gingen. Einige Male entging er der Entdeckung nur knapp.

Eines Tages, als er wieder in seinem Versteck saß, hörte er die Stimme eines kleinen Jungen und Groß, der den Jungen offensichtlich mit sich zog und ihm unbedingt etwas zeigen wollte.

Wenig später hörte er wie Groß dem Jungen befahl, die Hose auszuziehen. Der Junge wollte nicht, Groß wurde kurz laut. Schläge folgten. Der Junge weinte, ihm wurde der Mund zugehalten. Dann begann Herr Groß zu grunzen, der Junge weinte und versuchte zu schreien, doch er brachte nur ein Schluchzen hervor. Das Grunzen wurde lauter, dann Stille. Groß befahl dem Jungen, die Hose wieder hochzuziehen.

Dann verließ Groß die Toilette. Der Junge blieb zurück, weinte. Thomas blieb in seinem Schrank, bis auch der Junge schließlich gegangen war. Dann erst kam er heraus und sah sich um. Sein Herz raste. Was sollte er tun? Sich mit dem Direktor darüber unterhalten? Wem würde er glauben? Groß oder ihm? Thomas war sich sicher, dass der Direktor wohl eher einem langjährigen Lehrer glauben würde als ihm. Also schwieg Thomas. Er traf später den Jungen, der in der Toilette gewesen war. Er hatte viel geweint, bewegte sich nur schleppend, wirkte abwesend.

Groß kam ihm auf dem Gang entgegen und lächelte. Thomas blieb stehen, sah ihn entsetzt an und lief davon. Thomas ging Groß aus dem Weg, selbst im Unterricht versuchte er nicht auf seine Fragen zu antworten, redete nur, wenn er selbst angesprochen wurde.

Er versteckte sich eines Tages wieder im Schrank auf der Toilette, als ihn der Junge bemerkte, der von Groß missbraucht worden war. Der Junge sah Thomas an, als er die Tür vom Schrank öffnete und herauskam. Der Junge sah ihn an.

„Hast du…", begann er.

Thomas sah zu Boden. Er nickte langsam.

Der Junge weinte.

„Er hat mir sehr weh getan. Das darf er nicht!"

Thomas nickte nur wieder und sah auf seine Schuhspitzen.

„Er tut vielen Jungen weh!", sagte der Junge wieder. Peter hieß er, das fiel Thomas jetzt wieder ein. Beide schwiegen.

„Was willst du machen?", fragte Thomas schließlich, sah hoch, direkt in Peters Augen.

Peter weinte wieder.

„Das weiß ich noch nicht!"

Zwei ältere Schüler kamen herein. Sie machten sich über den weinenden Peter lustig und gingen an die Urinale. Thomas schob Peter nach draußen.

Auf dem Gang war niemand zu sehen. Sie gingen zu den Schlafräumen. Plötzlich blieb Peter stehen.

„Ich gehe zum Direktor. Kommst du mit?"

Thomas wich erschrocken zurück.

„Er wird uns nicht glauben, Peter!"

Peter weinte wieder.

„Ich will nicht, dass er mir wieder weh tut."

Dann ging er davon. Thomas blieb zurück, ging dann einfach weg.

Zwei Tage später wurde Thomas in das Büro des Direktors gerufen. Peter stand dort – und Herr Groß. Beide Erwachsenen wirkten sehr ernst.

Der Direktor saß hinter seinem großen Schreibtisch, Peter stand davor, Groß war rechts an den Fenstern.

Der Direktor erhob sich und kam um den Tisch herum. Er stellte sich vor Thomas und sah zu ihm hinunter.

„Thomas, ich habe dich heute rufen lassen, weil Peter etwas ganz Schlimmes über Herrn Groß gesagt hat. Er hat mir gesagt, dass du etwas darüber weißt!"

Ich sah Herrn Groß an, der warnend den rechten Zeigefinger erhoben hatte und mich wütend ansah.

Der Direktor bemerkte es und schickte Herrn Groß hinaus. Er sollte dort warten.

Groß ging eng an ihm vorbei. Thomas hatte Angst, dass er ihn schlagen würde und duckte sich. Der Direktor ging in die Knie und sah Thomas an.

„Thomas, du musst die Wahrheit sagen über das, was du weißt!", meinte er leise.

Peter sah ihn an. Deutlich war zu sehen, dass er geweint hatte. Thomas atmete tief durch und berichtete schnell und mit überschlagender Stimme, dass er sich in dem Schrank versteckt hätte und dass er gehört hätte, wie Groß Peter in eine Toilette gezogen hätte und dass er ihm offensichtlich dort wehgetan hatte. Der Direktor atmete tief durch, stand auf, ging um den riesigen Schreibtisch zurück, blieb stehen.

Er sah sie beide lange an.

„Ihr beide, Peter und du!", er deutete auf Thomas. „Ihr zwei werdet darüber Schweigen bewahren, das heißt, ihr werdet niemanden darüber erzählen. Ich werde Herrn Groß bestrafen. Und jetzt geht spielen!" Sie gingen hinaus. Herr Groß stand draußen. Er sah die beiden wütend an. Der Direktor rief ihn herein und wies ihn an, die Tür zu schließen. Die Jungs blieben unschlüssig an der Tür zum Vorzimmer des Direktors stehen und hörten, wie der Direktor Herrn Groß lautstark anschrie.

In den kommenden drei Wochen war Herr Groß nicht mehr zu sehen. Alle atmeten auf. Auch die anderen Lehrer und Erzieher in der Anstalt schienen Herrn Groß nicht zu vermissen. Ganz im Gegenteil.

Als Herr Groß schließlich zurückkehrte, war er nicht mehr bei den kleinen Kindern eingesetzt. Er war nur Ersatzlehrer für die älteren Schüler. Und selbst da hielt er sich zurück.

Mit sieben Jahren wurde Thomas adoptiert.

Später wurde ihm klar, dass der Direktor die Adoption vorangetrieben hatte, um ihn und das leidige Thema mit Herrn Groß und allem, was damit zusammenhing, loszuwerden. Peter war kurz zuvor von einer anderen Familie adoptiert worden.

Thomas lebte bei seiner „Familie". Strenge Regeln. Alle aßen zusammen, vorher wurde gebetet. Ähnlich wie im Kinderheim. Nach der Schule gleich heim, dann erst mal Hausaufgaben machen.

Anschließend erfolgte eine strenge Kontrolle der Hausaufgaben. Erst danach durfte er raus und spielen. Mit den anderen Kindern aus der Nachbarschaft kam er gut klar. Es waren die Eltern, die ihn spüren ließen, dass er nur in einer Pflegefamilie aufwuchs und nicht bei den eigenen Eltern.

Als einmal in einer Wohnung etwas fehlte, wurde ihm gesagt, dass er es gestohlen hatte. Erst später wurde klar, dass der Junge gelogen hatte, dem das Spielzeug abhandengekommen war. Aus Angst vor Strafe hatte er behauptet, das teure Spielzeug wäre ihm gestohlen worden. Das ferngesteuerte Spielzeugauto war ihm heruntergefallen und kaputt gegangen. Dann hatte er es versteckt.

Thomas durfte länger nicht mit anderen Kindern spielen, erhielt Hausarrest. Seine Pflegefamilie hielt nicht zu ihm, der strenge Vater stellte ihn mehrmals zur Rede, schrie ihn an, verwies ihn in sein Zimmer. Hausarrest!

Als seine Unschuld herauskam, zögerte der Pflegevater, sich bei ihm zu entschuldigen. Er machte es halbherzig und schenkte ihm ein Spielzeugauto. Thomas nahm das Auto nur widerwillig an. In seinem Zimmer pfefferte er das Auto in die Ecke. Später ging er wortlos raus. Er ging zum Spielplatz, fand die anderen Jungs in seinem Alter. Der Junge, der ihn und seine Eltern angelogen hatte, ging ihm aus dem Weg. Sie wussten, was passiert war und spielten mit ihm Fußball. Der andere Junge sah ihnen zwischen den Bäumen aus zu.

Als Thomas nach Hause ging folgte er ihm. Mit einem Schrei griff er plötzlich Thomas an, schlug mit einem Ast zu und traf ihn am Kopf. Thomas taumelte. Als der Junge wieder ausholte, griff er instinktiv zu, entriss ihm den Ast und schlug selbst zu. Immer wieder. Wie im Rausch. Als der andere Junge reglos auf dem Boden lag warf er den Ast weg und taumelte nach Hause, wo ihn eine besorgte Pflegemutter empfing. Er sackte blutüberströmt in ihre Arme. Der Pflegevater wollte wissen, was geschehen war. Thomas stammelte etwas, die Mutter blieb bei ihm, der Pflegevater machte sich auf den Weg. In der Nebenstraße zum Spielplatz fand er zwei Jungen, die neben dem anderen Jungen auf dem Boden standen. Der Pflegevater untersuchte den Jungen und wies die anderen beiden an, nach Hause zu laufen und die Polizei und Notarzt anzurufen.

Auch Thomas wurde ins Krankenhaus gebracht. In die Notaufnahme. Wurde geröntgt. Kam in ein Zimmer. Seine Pflegeeltern waren bei ihm. Langsam und stockend erzählte er vom Angriff nach dem Fußballspiel. Und dass er sich nur gewehrt hätte. Der Pflegevater beugte sich zu ihm herunter und hielt ihm die Hand.

„Ich glaube dir!", sagte er leise.

Wenig später stürmte wutschnaubend der Vater des anderen Jungen das Krankenzimmer, wollte sich auf Thomas stürzen. Der Pflegevater stellte sich dazwischen, die Mutter verließ das Zimmer, kam wenig später mit Krankenschwestern zurück, die den Vater zurückzogen. Der Vater schrie Thomas an und drohte ihm, weil sein Sohn schlimm verletzt worden war. Sein Pflegevater riet ihm, von solchen Drohungen dringend Abstand zu nehmen, sonst würde er ihn anzeigen.

Die Pflegefamilie kümmerte sich um Thomas. Er kam wieder auf die Beine und konnte auch wieder die Schule besuchen. Der andere Junge hatte die Schule gewechselt.

Später überwarf sich Thomas mit dem strengen

Pflegevater. Der wollte Thomas unbedingt zu einer Ausbildung als Maurer zwingen, die Thomas nicht wollte. Er wollte Abitur machen und dann studieren. Es gab lange Diskussionen, die darin mündeten, dass der Vater wutentbrannt Thomas auf sein Zimmer schickte.

Irgendwann mit 16 hielt es Thomas nicht mehr aus und er verließ die Familie, lebte auf der Straße. Er bettelte und hatte kleine Gelegenheitsjobs bei Leuten, denen er leidtat. Er trank Bier und Wodka. Eines Tages ging der durch die Straßen und sah einige junge Männer an einem Bus stehen, der sie wohl aufnehmen sollte. Er schnorrte sie um eine Zigarette und Kleingeld an. Ein Mann erschien, war zuerst ungehalten, dann bot er Thomas einen Job als Drücker an. Er stellte sich als Horst vor.

„Du gehst zu den Leuten und versucht ihnen Abos für Zeitungen und Zeitschriften zu verkaufen!", meinte der Mann jovial. „Du bekommst ein Grundgehalt und auch eine Provision bei Abschluss des Vertrages." Als Thomas zögerte, öffnete er die Mitteltür des Autos und lud ihn und die anderen ein, in den Wagen zu steigen. Thomas stieg ein. Sie wurden zu einer einfachen Unterkunft am Rand der Stadt gebracht. Der Mann redete kurz mit ihm, Thomas unterschrieb einen Vertrag und er ließ ihn dann in einem Fundus von Sachen stöbern, die in einem Raum untergebracht waren. Er nahm einige Hosen und Shirts und zwei Paar Schuhe, die ihm passten. Er fragte auch nicht, woher die Sachen waren. Nach einer ausgiebigen Dusche trafen sich alle in der Küche, wo sie ein einfaches Essen zu sich nahmen. Thomas schmeckte die Kartoffelsuppe ausgezeichnet, nahm eine zweite Portion. Sie gingen schlafen, in mehreren Räumen standen Feldbetten mit dünnen Decken drauf. Er legte sich hin und schlief sofort ein. Er hatte aufgehört, sich Gedanken für die kommenden Tage zu machen. Auf der Straße hate er gelernt: Gehe jeden Tag einzeln an. Was morgen kommt – ist morgen.

Am frühen Morgen wurde er geweckt, karges Frühstück mit Brot, Butter, Marmelade und Wurst. Dann rasch fertigmachen, in den Wagen. Sie erhielten einen Stadtplan. Straßen waren markiert. Diese sollten sie bearbeiten. Ein Kreuz zeigte die Stelle, an der sie wieder abgeholt werden würden, gegen 18.00 Uhr. Thomas stieg aus. Er sollte am ersten Tag mit einem der anderen Drücker mitmachen. Ernst strebte das eine Ende der Straße an. Sie stiegen die Treppen hoch und standen vor der ersten Tür.

„Es ist immer einfacher, oben anzufangen als unten!", sagte Ernst. Er klingelte und setzte ein nettes Lächeln auf. Eine Frau mittleren Alters öffnete ihm.

„Ja bitte?", fragte sie misstrauisch.

„Ernst mein Name. Keine Angst, ich will ihnen nichts verkaufen, aber ihnen einige wichtige Fernsehzeitungen zeigen. Vielleicht haben sie Interesse an einer von denen. Sehen sie hier, in dieser wird das geheime Leben von Sänger Roland König! ..." Sie nahm die Zeitschrift in die Hände, blätterte durch. Dann gab sie ihm diese zurück, trat einen Schritt zurück und mit dem Satz „Kein Interesse!" schloss sie die Tür wieder.

Ernst wandte sich an die nächste Tür, sagte wieder seinen Spruch auf. Er hatte Thomas angewiesen zu lächeln. Niemand öffnete. Bei der dritten Tür auch nur eine Absage. So ging das weiter, durch das ganze Gebäude. Eine alte Frau schloss einen Vertrag ab über die Lieferung von zwei Zeitschriften. Ernst zeigte seine Freude, als sie eine Etage tiefer gingen und das Gebäude verließen.

„Wieviel kriegst du hierfür?", fragte Thomas.

„Dafür gibt es 10 Euro, immer viermal den Verkaufspreis."

„Wieviel verdienst du im Monat?"

„Ich verkaufe etwa zwei pro Tag, das sind bei 24

Tagen knapp 480 Euro. Wenn es gut läuft auch mal mehr, wenn es nicht so gut läuft, auch weniger."

Er zeigte ihm den Trick vor verschlossenen Türen einfach auf einige Knöpfe zu drücken und Postsendung! zu rufen. Dann würde die meisten die Tür aufmachen. Er ließ ihn nach zwei Stunden allein.

Thomas kam sich völlig unbeholfen vor, als er ausgestattet mit mehreren Zeitschriften und Zeitungen die Stufen zu den Häusern hochging. Bei den ersten malen stotterte er und konnte gar nicht sagen, was er eigentlich wollte. Die Menschen warfen die Tür vor seiner Nase zu.

Nach drei größeren Mietshäusern konnte er Zeitungsabos an ältere Damen loswerden. Er traf sich mittags wieder mit Ernst und zeigte ihm stolz die Unterschriften auf den Unterlagen.

„Du musst hier den Pappdeckel unter den Sachen ablegen, sonst schreibt man durch die ganzen Papiere durch!" Er zeigte es ihm. „Und die haben nicht den Widerruf unterschrieben. An sich kannst du nochmal zu den Leuten gehen und die nochmal unterschreiben lassen, Thomas!"

Thomas war niedergeschlagen. Er hatte sich als Gewinner gefühlt. Jetzt war das Gefühl weggewischt.

„Aber lass mal, der Chef findet einen Weg. Wie immer! Gib ihm nur die unterschriebenen Zettel. Den Rest macht er dann!"

Sie trennten sich wieder. Thomas hatte eine Bockwurst gegessen. Mehr Geld hatte er vom Chef nicht bekommen. Dann klapperte er die Häuser der Straßenseite ab. Eine ältere Dame, die ihn sympathisch fand, unterschrieb einen weiteren Beleg.

Gegen 18 Uhr traf er am vereinbarten Treffpunkt ein. Der Chef hielt mit dem Bully und alle stiegen ein. In der Unterkunft sammelte er die Belege ein. Thomas reichte ihm seine und beschrieb sein Dilemma. Der Chef winkte ab. „Die alten Damen haben unterschrieben. Du hast es nur nicht richtig gesehen!", sagte er zu ihm.

Langsam ging es immer besser. Thomas kleidete sich nett, rasierte sich jeden Morgen, frisierte sich die Haare modisch kurz. Immer, bevor er klingelte, sagte er sich den Spruch des Teamleiters auf: Hinter jeder Tür steckt Geld! Dein Geld!

Thomas klingelte, war fröhlich, begrüßte die Leute. Auch wenn in einem Haus nichts verkaufte – es gab ja noch viele andere. Und so vergingen sechs Monate wie im Fluge. Pünktlich zum Wochenende bekamen sie den Lohn der Woche zuvor ausgezahlt. Sie unterschrieben den Erhalt des Geldes und steckten es ein. Mehrmals kam es vor, dass einer die Gruppe verließ und die anderen zuvor bestahl. Daher trugen sie immer ihr ganzes Geld bei sich, hatten es beim Schlafen griffbereit.

Thomas arbeitete so vier Monate bei der Kolonne, begann gutes Geld zu verdienen. Er hatte sich an den Rhythmus der Arbeit und des Schlafens gewöhnt. Er gab nur wenig Geld aus, sparte so gut es ging. Wie lange er bei der Gruppe bleiben würde, konnte er nicht abschätzen.

Eines Tages klingelte Thomas in einem größeren Komplex mit mehreren Flügeln und, wie er zählte, 12 Etagen. Er begann ganz oben, fuhr mit dem schmuddeligen Aufzug nach oben. Es roch nach Urin in dem Lift. Er war froh, als er aussteigen konnte. Die Leute machten ihm erst gar nicht auf oder schlugen ihm die Tür vor der Nase zu. So kam er Etage für Etage tiefer, hatte nur ein Abo für eine Fernsehzeitschrift verkaufen können. Als kleinen Danke für das Abo hatten sie kleine Blumentöpfe mit sich.

Auf der 3. Etage klingelte er. Nach wenigen Augenblicken ertönte eine barsche Männerstimme. Ein Kind wimmerte. Die Tür wurde aufgeschlossen, geöffnet. Ein unrasierter Mann, der sich die Unterhose gerade hochgezogen hatte, stand ihm gegenüber.

Thomas begann sein Sprüchlein aufzusagen, als ein kleines Mädchen, nackt, verweint, mit blauen Flecken am Körper, in der Tür des nächsten Zimmers erschien. Verweinte blaue Augen sahen Thomas an. Der unrasierte Mann blaffte das Kind an, zurückzugehen, drehte sich zu Thomas und wollte die Tür zuschmeißen. Thomas hielt inne und blickte den unrasierten Mann an. Dann erkannte er ihn: Groß! Der Kinderschänder des Kinderheims!

Etwas im Blick von Thomas musste Groß aufgefallen sein. Denn er wollte Thomas die Tür vor der Nase zuwerfen. Instinktiv hob Thomas beide Hände, stoppte die Tür und stieß sie auf. Sie schlug Groß direkt ins Gesicht, der mit einem Aufschrei zurücktaumelte. Dann war Thomas über ihm. Er schlug wild auf ihn ein, schimpfte ihn als Schwein und Kinderficker, schlug ihm das ganze Gesicht blutig. Immer wieder drosch seine Faust in Groß' Gesicht, bis es nur eine blutige Masse war.

Als Thomas schweißüberströmt von ihm abließ, realisierte er das kleine Mädchen, das weinend in der Tür stand und ihn erschrocken ansah. Thomas hielt inne, stand auf. Die Tür war noch angelehnt gewesen. Als er sie jetzt aufriss, standen mehrere Leute vor der Tür, neugierig musterten sie ihn, blickten an ihm vorbei in den Flur, wo Groß zusammengekrümmter Körper lag.

Thomas fühlte sich schwach, seine Wut klang ab. Er ergriff den Beutel mit den Zeitschriften und den Blumentöpfen und schob sich durch die Menschen. Rufe nach der Polizei wurden laut. Er lief die Treppe hinab. Das Laufen half ihm, klarer zu sehen. Er musste weg, nur weg von hier! Er wischte sich die blutigen Hände an einem Taschentusch ab, musste dazu den Beutel von einer Hand in die andere nehmen. Unten im Erdgeschoss lief er durch das kleine Foyer und stand draußen, atmete tief durch.

Irgendwo heulte eine Polizeisirene auf. In Panik

wandte er sich nach links und lief an dem Gebäude vorbei, über einen Parkplatz, zwischen weiteren Hochhäusern entlang. Die Sirene hinter ihm kam näher. Er lief schneller, der Beutel behinderte ihn dabei. Aber er wollte ihn nicht wegwerfen.

Er lief an parkenden Autos vorbei, lief auf die Straße. Lautes Quietschen, dann traf ihn etwas hart im Bereich der Oberschenkel. Heftiger Schmerz. Er schlug schwer auf dem Asphalt auf, versuchte sich abzustützen, sah den Boden auf sich zukommen, seine Stirn schlug schwer auf. Er spürte sofort das Blut, das ihm über das Gesicht lief. Eine Stimme. Eine Frau, dicht vor ihm. Sie half ihm hoch, stammelte etwas von „Entschuldigung! Ich habe sie zu spät gesehen!" Er stand da, sah sich um, die Frau drückte ihm ein Taschentuch in die Hand, mit der er sich das Blut abwischte.

„Am besten rufen wir einen Krankenwagen!"

Thomas taumelte zurück.

„Keinen Krankenwagen!"

Die Frau führte ihn auf die Beifahrerseite ihres Kleinwagens und öffnete die Tür.

„Dann setzen Sie sich erstmal in den Wagen. Ich kann Sie auch noch ins Krankenhaus fahren!"

„Kein Krankenhaus!", wiederholte Thomas und hielt sich das Taschentuch an die blutende Stirn.

Thomas saß auf dem Beifahrersitz. Hinter ihnen hupten die Autos. Die Frau setzte sich hinter das Steuer und startete den Wagen. „Ich muss fahren, sonst blockiere ich die Straße." Sie sah ihn an. „Soll ich sie ins Krankenhaus fahren? Das ist hier in der Nähe!" Thomas verneinte. „Wollen wir zur Polizei fahren, damit die den Unfall aufnehmen?"

Thomas sah sie erschrocken an. „Keine Polizei!"

„Wo wohnen Sie?"

Thomas überlegte. So konnte und durfte er nicht bei seinem Chef erscheinen. Er würde sofort Fragen stellen, es würde Fragen geben, auch würde er das mit Groß sicherlich herausfinden. Und was dann? Ihn der Polizei übergeben? Er wusste es nicht. Was sollte er jetzt tun?

„Ich habe kein Zuhause!" murmelte er.

Die Frau sah ihn an, als sie an der nächsten Ampel hielten. Sie haderte mit sich selbst, gab sich dann einen Ruck. „Dann nehme ich sie zuerst mit zu mir, damit sie sich erholen können. Dann sehen wir weiter!"

Sie fuhren durch die Stadt. Thomas hielt weitgehend die Augen geschlossen. Sein Kopf pulsierte. Er versuchte das Blut an seiner Stirn mit den Taschentüchern aufzufangen.

Sie fuhren nur wenige Minuten, hielten vor einem Wohnblock. Sie begleitete Thomas nach oben in ihre Wohnung. Zuerst kümmerte sie sich um seine Kopfwunde, reichte ihm ein Handtuch.

„Das hier sollte sich ein Arzt anschauen," meinte sie.

Er musste sich auf einen Stuhl ins Badezimmer setzen und sie reinigte die Wunde mit einem sauberen Tuch. Dann tupfte sie Jod auf die Wunde. Es brannte, Thomas hielt still. Sie umwickelte schließlich seinen Kopf mit einem Verband.

„So hält das Tuch auf der Wunde besser!"

Sie trug ein Kleid mit V-förmigen Ausschnitt. Während er saß und sie vor ihm stand, konnte er den Ansatz ihrer schönen festen kleinen Brüste sehen. Er war schon versucht, diese anzufassen. Sie reinigte die Wunde, trat zurück.

„Auf den Schreck mache ich uns erstmal einen Kaffee!", sagte sie und verließ das Badezimmer.

Unschlüssig blieb er noch kurz sitzen.

Er wusch sich die Hände und blickte in den Spiegel. Er sah ein bleiches Gesicht mit großen blauen Augen, der Kopf von einem Verband umgeben. Er verließ das Badezimmer und ging den kurzen Flur entlang. Rechts die gemütlich eingerichtete Küche.

Die Frau stand an der Anrichte und schaltete die Kaffeemaschine ein. Als er eintrat, wandte sie sich ihm zu.

„Wir haben uns noch gar nicht offiziell vorgestellt. Ich heiße Susanne!"

„Thomas!"

Sie wies auf den Tisch und Thomas setzte sich. Als die Kaffeemaschine fertig war, goss Susanne Kaffee in zwei Tassen, trat an den Tisch, stellte eine vor Thomas und setzte sich. Die andere Tasse stellte sie vor sich ab.

„Hallo Thomas, ich bin ja nicht doof. Was ist los?"

Thomas sah sie an, schwieg, überlegte.

„Ich habe… Schwierigkeiten!", meinte er dann leise.

Schweigen.

Susanne schüttete Milch in ihren Kaffee.

„Du willst nicht ins Krankenhaus, du willst nicht zur Polizei…"

Thomas schwieg, blickte in den Kaffee.

„Soll ich dich irgendwo hinbringen?"

Thomas überlegte kurz, schüttelte den Kopf.

„Ich habe keinen Platz momentan, wo ich bleiben kann!"

Susanne sah ihn lange an, rührte in ihrem Kaffee, trank dann langsam.

„Für ein paar Tage kannst du hierbleiben!", meinte sie schließlich. „Ein paar Tage nur. Und dann musst du gehen!"

Thomas hob den Blick, sah sie an. Das Pochen in seinem Kopf begann abzuklingen.

„Danke!", sagte er nur. „Ich bin kein Krimineller, falls Du das befürchtest!"

Susanne nickte langsam.

„Du machst auch nicht den Eindruck!"

Sie saßen beieinander und sie berichtete von ihrer Arbeit. Sie war Bibliothekarin und verantwortlich für die Belletristik. Thomas bemerkte einige Bücher in einem kleinen Regal neben ihm. Er nahm einige heraus. Franz Kafkas *Erzählungen*, Hermann Hesses *Unterm Rad* und *Der Steppenwolf*, Joseph Conrad *Herz der Finsternis*, *Die Schatzinsel*, *Zauberer von OZ*, … Er ließ die Finder über Camus und Sartre, de Saint-Exupery und Goethe gleiten. Seine Finger blieben auf einem zerlesenen Exemplar von *lonely planet Australien* hängen. Er nahm das dicke Buch heraus und legte es neben die Kaffeetasse.

„Liest du auch gerne?", fragte sie.

„Früher, ich habe heute keine Zeit dafür!"

Er schlug das Buch auf, blätterte darin.

„Ich liebe Australien!", meinte Susanne. „Hat mich schon immer fasziniert. Die Kängurus, die Aborigines, das Great Barrier Reef, … einfach alles!"

Thomas nickte, hielt inne, sah sie an.

„Meine Eltern wollten mit mir nach Australien reisen als ich klein war."

Susanne spürte, dass das ein heikles Thema war, hielt mit dem Rühren inne.

„Was ist mit ihnen passiert?", fragte sie leise.

„Sie sind bei einem Autounfall gestorben, als ich etwa vier Jahre alt war."

Thomas betrachtete ein Foto von Uluru oder Ayers Rock. Der rötliche Monolith war das Sinnbild für Australien für ihn.

„Kennst Du die Songlinien?"

„Was ist das?"

Susanne wies auf die Bücher.

„Bruce Chatwin – Traumpfade. Großartiges Buch über die Songlinien der Aborigines in Australien. Das ganze Land ist mit solchen Linien durchzogen. Die Eingeborenen singen sich ihren Weg durch das Land."

Thomas holte das Buch heraus, las den Klappentext. Er nickte.

„Das klingt Klasse! Würde ich gerne lesen."

Thomas hielt inne. „Was ist mit deinem Mann oder Freund? Gibt das keine Schwierigkeiten, wenn du mich hier für paar Tage aufnimmst?"

„Ich habe mich vor drei Wochen von meinem Freund getrennt. Genauer gesagt, ich habe ihn rausgeschmissen, weil er mich verarscht hat!"

Thomas schwieg. Was sollte er auch sagen?

„Du kannst daher hier mir für ein paar Tage bleiben!"

Thomas sah an sich herunter. Seine Jacke hatte er an der Wohnungstür ausgezogen. Er trug ein Jeanshemd, das Blutspritzer aufwies. Susanne bemerkte seinen Blick und winkte ab.

„Es sind noch genug Sachen von Matthias hier. Die kannst du alle nehmen. Er kommt nicht zurück. Das sind alles Sachen, die er von mir hatte. Drei Jahre und dann einfach weg!"

Sie rührte heftig im Kaffee. Thomas sah sie nur an. Susanne war schön, hatte ein ovales Gesicht, dunkelblonde Haare und klare blaue Augen. Er hätte sie gerne angefasst, sich an etwas Lebendigem zu erfreuen und festzuhalten. Sie tranken den Kaffee, unterhielten sich über Australien. Sie hatte schon Pläne gehabt, mit Matthias im kommenden Jahr für vier Wochen nach Sydney zu fliegen und von dort aus die Ostküste zu erkundigen. Ihr Traum war es, die Ostküste bis nach Cairns zu fahren, dann Richtung Süden, Alice Springs, an die Südküste und zurück nach Sydney.

„Das alles in vier Wochen?", fragte Thomas zweifelnd.

Sie lachte. „Ja, das haben wir uns auch gedacht. Wir hätten mal gesehen, wie weit wir die Ostküste hinaufkommen, dann vielleicht wieder zurück Richtung Sydney. Da gibt es auch viel zu sehen, das Opera House, Bondi Beach. Wir wollten im Dezember fliegen, wenn es unten warm ist. Und auf alle Fälle ausprobieren, ob der Abfluss unten wirklich andersherum ist."

Sie lachte wieder. Er genoss ihre Nähe und ihr Lachen. Schon lange hatte er sich nicht mehr so wohl gefühlt. Er zeigte ihr seine Kinderzeichnung des Kängurus mit den Eltern daneben, welches er stets bei sich trug. Susanne machte später etwas zu essen, dann sahen sie fern. Er begleitete sie ins Schlafzimmer, wo sie eine Tür öffnete und auf die Sachen wies, die dort hingen, bzw. gestapelt lagen.

„Das kannst du alles nehmen. Hier sind sogar ungetragene gewaschene Boxershorts. Hier einige Hemden, zwei Jacken. Ihr habt ungefähr den gleichen Körperbau. Los, probiere mal die Hemden und Jacken an."

Thomas zog sein Hemd aus, wusste nicht wohin damit und ließ es auf den Boden fallen. Er probierte die Hemden an. Sie waren ein wenig zu groß, passten gut. Auch die Jacken. Er zog die Sachen wieder aus und reichte sie Susanne, die die Sachen wieder in den Schrank hängte.

Später am Abend bereitete sie aus der Wohnzimmercouch eine Schlafstätte. Thomas putzte noch die Zähne – Susanne hatte einige in Reserve – und legte sich dann schlafen. Er überdachte seine Lage. Was sollte er tun? Er konnte nicht zur Drückerkolonne zurück. Die Polizei würde ihn sicherlich dort suchen.

Er hatte seinen Ausweis und das Geld bei sich. Dort hatte er nur wenige Klamotten und seine Kladde zurückgelassen, in die er seine Gedanken reingeschrieben hatte.

Irgendwann schlief er ein. Früh am Morgen wurde er von Geräuschen aus der Küche geweckt. Susanne kochte Kaffee, bereitete Brote für die Frühstückspause vor. Als Thomas eintrat, begrüßte sie ihn und deutete auf den Tisch, wo schon Toast und Marmelade warteten.

„Morgen. Setz dich und iss."

Thomas ließ sich auf den Platz von gestern nieder

und aß Toast mit Marmelade. Sie machte Rühreier.

„So, ich muss gleich los, wir müssen heute noch viele neue Bücher katalogisieren. Wenn du willst, kannst du mich ja besuchen kommen. Ich arbeite in der Stadtbibliothek nahe der Innenstadt!"

Sie schrieb ihm die Adresse auf.

„Komm einfach vorbei, wenn es dir passt! Ich denke, heute wirst du dich noch schonen müssen."

Sie zögerte. Dann gab sie sich einen Ruck und reichte ihm einen Schlüsselbund.

„Mit den Schlüsseln kommst du unten und hier oben in die Wohnung!"

Thomas war sich dessen bewusst, was es sie gekostet hatte, das zu tun und er dankte ihr dafür.

„Keine Angst", sagte er, „ich bin kein Dieb!"

„Hätte ich das Gefühl gehabt hätte ich dich nicht bei mir aufgenommen."

Sie ging, er blieb noch sitzen, las im Buch von Chatwin. Der Gedanke an die Songlinien faszinierte ihn.

Susanne stand auf, spülte ihre Kaffeetasse.

„Wir sehen uns dann nachher."

Thomas nickte und trank weiter seinen Kaffee. Später machte er den Fernseher an. Susanne hatte den Computer angelassen und so konnte er im Internet surfen. Er suchte nach einer Nachricht wegen des Kampfes gestern. Auf der Seite Vermischtes fand er bei einer Regionalzeitung den Hinweis auf einen Kampf in einem Wohnblock. Der Überfallene wurde als Pädophiler bezeichnet, der beim Missbrauch eines kleinen Mädchens gestört und brutal zusammengeschlagen worden war. Die Polizei suchte nach Zeugen und dem Täter. Es folgte eine vage Beschreibung. Das konnte fast jeder gewesen sein.

Thomas lehnte sich zurück. Er musste hier aufpassen und durfte sich einige Wochen nicht mehr sehen lassen. Das war klar. Auch seine Drückerkollegen würden Ausschau nach ihm halten. Er hatte einen Vorschuss bekommen, den Horst bestimmt zurückhaben wollte.

Er wartete noch etwas, stellte sich vor den Spiegel und besah sich den Verband. Das Bluten hatte aufgehört. Er beließ den Verband an seinem Platz. Am späten Nachmittag kochte er Nudeln und wärmte eine Flasche mit Sauce Bolognese auf.

Susanne kam spät, freute sich auf das warme Essen. Sie setzten sich in die Küche, sie berichtete von der Arbeit in der Bibliothek. Sie kam mit den meisten Leuten gut aus, nur eine Kollegin, die schon länger dabei war und wohl um ihren angestammten Platz fürchtete, arbeitete gegen sie.

Sie schauten TV.

Eine Woche später schliefen sie zum ersten Mal miteinander. Es geschah ganz natürlich. Und dann täglich, manchmal mehrmals.

Thomas lehnte sich im Stuhl zurück und ließ die Zeit mit Susanne Revue passieren. Es war eine der schönsten Zeiten in seinem Leben gewesen. Er erinnerte sich an ihren Körper, ihre Wärme, ihr Lachen. Die Erinnerungen an sie schmerzten fast körperlich. Ärgerlich über sich schob er die Gedanken an Susanne beiseite und sah sich im Zimmer um.

Erst nach einigen Wochen bei Susanne war er wieder auf die Straße gegangen. Sorgfältig hatte er sich nach den Drückerkollegen umgesehen. Wenn ein Polizeiauto vorbeifuhr, begab er sich möglichst unauffällig in einen nahen Hauseingang.

Mit Susanne wurde es schwierig. Etwa sechs Monate nachdem er bei ihr eingezogen war, teilte sie ihm eines Morgens mit, dass er in einer Woche wieder draußen sein würde, weil sie jemanden aus dem Netz kennengelernt hatte.

Sieben Tage später stand er wieder auf der Straße, mit einer großen Tasche mit Klamotten, die ihm Susanne überlassen hatte. Er ließ sich treiben, mied

Schlafunterkünfte der Obdachlosen, da dort gestohlen wurde. Zuerst versuchte er mit dem wenigen Geld auszukommen, das er noch hatte. Dann begann er zu betteln, zu stehlen. Alles, um zu überleben.

Die Polizei überraschte ihn bei einem Einbruch. Ein aufmerksamer Nachbar hatte sie rechtzeitig alarmiert. Er bekam eine Gefängnisstrafe, saß ein. Kam raus, beging wieder Einbrüche, weil niemand einen Vorbestraften einstellen sollte. Wieder Knast. Mit den Jahren wurde er cleverer, ließ sich nicht mehr so einfach schnappen. Tagsüber ging er oft einer geregelten Arbeit nach. Mit falschen Papieren hatte er sich eine bürgerliche Existenz aufgebaut.

Er beugte sich wieder nach vorne, durchstöberte den Laptop vor ihm. Urlaubsbilder, sorgfältig archiviert und beschriftet. 2016 Tunesien, 2017 Kroatien, 2019 Ägypten, 2020 Griechenland, …Australien stand weit oben in der Liste. Natürlich keine Fotos drin, aber Reiserouten, Pläne, Stadtrouten-Tipps aus verschiedenen Websites. Die Leute hatten auch alle ihre Ausweise eingescannt und hier nach Personen sauber abgelegt. Herbert, Gabriele, Frederike und Elias: Pass, Führerschein, den Impfausweis, Bankverbindungen, Adressenübersicht zuhause und in Australien, Adressen von Hostels und Hotels, wo sie wohnen wollten, Name und Adresse des Verleihers des Campingbusses, den sie anmieten wollten.

Thomas genoss die Durchsicht der Unterlagen. Gleichzeitig überkam ihn aber eine tiefe Trauer. Australien war immer sein Ziel gewesen, Reise- und Lebensziel. Jetzt lag es zum Greifen nahe. Und doch so weit.

Obwohl er Hunger hatte, nahm er nichts aus dem Kühlschrank. Er wollte keine Fingerabdrücke oder andere Spuren hinterlassen. Aus seiner Jacke holte er ein Tuch, breitete es auf dem Tisch vor ihm aus, holte zwei Schokoriegel aus der Jacke und aß sie über dem Tuch. Dann faltete er das Tuch wieder zusammen steckte es weg.

Er war vorsichtig, obwohl er noch immer die dünnen Handschuhe trug.

Neben ihm auf dem Tisch blinkte ein Haustelefon. Der Anrufbeantworter sprang an. Eine sonore Stimme verkündete, dass sich die Familie Schatz für den kommenden Samstag zu einem Besuch angemeldet hatte. Gerd grüßte den Hausherrn und meinte noch, dass sie sich melden sollten, wenn sie heute wie angemeldet früher zurückkommen würden.

Thomas hielt inne.

Heute schon?

Er dachte in Ruhe nach.

Er durchsuchte das Haus noch einmal, hielt sich stets im Schatten der Türen und Fenster auf. Bewegte sich durch das Haus. Beseitige alle Spuren seiner Anwesenheit,

Das Taxi hielt vor der Einfahrt. Die Familie stieg aus, der Vater schleppte zwei große Koffer, die Mutter ihr rotes Handgepäck, die Kinder große Rucksäcke und ebenfalls Handgepäck. Worte drangen herüber, Urlaubserinnerungen. Namen, Orte, was sie erlebt hatten.

Thomas stand auf der anderen Straßenseite, unter den Bäumen, beobachtete sie. Niemand bemerkte ihn. Ruhig stand der da, sah, wie der Vater die beiden Koffer vor der Haustür abstellte, die Tür aufschloss, sich die beiden ungeduldigen Teenager an ihm vorbeidrückten. Lachen, Worte.

Thomas beobachtete, wie sie Licht im Flur machten. Durch die großen Fenster konnte er sie sehen. Sie gingen durch das Haus, nach oben, ins Wohnzimmer. Nach einiger Zeit wandte Thomas sich ab. Die Sicherheitskontrolle am Flughafen hatte länger gedauert als gedacht. Die Tochter hatte noch einen Nagelknipser im Rucksack gehabt. Den musste sie in einem großen Abfallbehälter entsorgen.

Die Familie nahm Platz im Wartesaal. Die beiden Kinder spielten mit ihren Nintendos, die Mutter las, der Vater starrte hinaus auf das noch dunkle Rollfeld. Sechs Uhr Dreißig war für einen Abflug eindeutig viel zu früh. Im Osten war die Sonne aufgegangen und überschüttete alles mit ihren hellen klaren Strahlen. Es würde ein herrlicher Tag werden.

Ein Aufruf weckte den Vater aus seinen Gedanken. Eine Frauenstimme rief seinen Namen und verkündete, dass er sich am Informationsschalter einfinden sollte. Der Vater war zuerst völlig verwirrt, erhob sich, nickte seiner Frau zu und sah sich um. Als der das Hinweisschild mit dem Informationszeichen entdeckte, steuerte er zielstrebig darauf zu. Er nannte der Dame hinter dem Schalter seinen Namen, wies sich aus. Sie reichte ihm einen Umschlag, den er annahm. Er bedankte sich und drehte sich um, ging zurück. Im Gehen riss er den Umschlag auf, auf dessen Vorderseite sein Name in großen Druckbuchstaben stand.

Er enthielt nur einen kleinen Zettel, auf dem stand:

Leben Sie Ihren Traum aus. Nicht alle haben die Möglichkeit dazu. Ich wünsche Ihnen und Ihrer Familie alles erdenklich Gute in Australien.

Keine Unterschrift. Und dann holte er noch das fast schon vergilbte und abgegriffene Bild eines Kängurus hervor, das Thomas als Kind gemalt und immer bei sich getragen hatte. Die andere Hälfte der Seite war sauber abgetrennt worden.

Die Mutter

„Du weißt selbst, dass eine Überführung teuer ist!", meinte Petra. „Warum musste sie auch hier herunterziehen?"

„Weißt du doch, wo die Liebe hinfällt!"

„Na und? Jetzt haben wir den Salat! Es ist leicht sich etwas zu wünschen, worum man sich selbst nicht kümmern muss."

Er drückte das Pedal durch. Petra verschränkte die Arme.

„Denk immer daran, Petra, dass sie meine Mutter war. Wunsch ist Wunsch. Sie hat so viel für uns getan, nun sind wir an der Reihe. Sie ist mit Ihrem Mann Giovanni als Rentnerin hierher in die Toskana gezogen!"

Petra blickte Peter an, der den dunklen BMW-Kombi durch die engen Straßen der kleinen italienischen Stadt lenkte. Die Nachbarin hatte sie angerufen und sie über das Ableben von Peter Mutter Elvira unterrichtet. Sie waren sofort losgefahren, der lange Dachgepäckträger samt Box war vom letzten Urlaub noch auf dem Dach montiert. Nach durchfahrener Nacht erreichten Sie am Morgen den Zielort.

„Du weißt, dass sie unbedingt in Rheinland-Pfalz begraben werden wollte. In ihrer Heimatstadt.", sagte Peter. „Sie hat es uns beim letzten Besuch selbst gesagt. Also müssen wir versuchen, ihren letzten Wunsch zu erfüllen!" Er wich elegant einem Lastwagen aus.

„Wir hätten sie auch hier beerdigen können. Das wäre bestimmt einfacher gewesen."

Peter brummte und fuhr langsamer, lenkte den Wagen auf einen Parkplatz vor einem größeren Gebäude. Sie stiegen aus und gingen zur Nr. 17. Sie klingelten bei Carnetti, jemand drückte den Türsummer auf. Sie stiegen die Holztreppe ins 1. Obergeschoss, links war eine Tür offen. Eine ältere Dame, ganz in Schwarz, stand an der Tür. Sie erkannte Peter und Petra und begrüßte sie herzlich. Sie betraten die Wohnung, schlossen die Tür und folgten der Frau in das Schlafzimmer, wo auf dem Bett eine kleine dünne Gestalt lag, in Schwarz gekleidet, die Hände auf dem Bauch gefaltet, die Augen geschlossen.

Die Frau wandte sich an Peter auf Italienisch.

„Sie ist gestern Morgen friedlich eingeschlafen. Wie schön, dass Sie sofort kommen konnten, Signore Waldmüller."

Peter nickte. „Danke, Signora Valetti. Es ist gut zu wissen, dass meine Mutter eine gute Freundin hatte. Danke nochmal für ihre Hilfe." Er sprach gut italienisch.

Signora Valetti zog sich zurück und ließ die beiden mit der Verstorbenen allein.

Peter trat behutsam an die Seite seiner Mutter und strich ihr übers Haar. Sie war in den letzten Jahren geschrumpft, schlank, kaum noch 1,60 Meter groß. Sie hatte lange weiße Haare und wirkte völlig entspannt.

Peter beugte sich herab und deutete einen Kuss auf ihrer Stirn an.

„Wenigstens ist sie friedlich eingeschlafen. So wie sie es sich immer gewünscht hat."

Petra sah sich in der ganzen Wohnung um, kehrte zu ihm und der Toten zurück.

„Sie hat wenig, aber gutes Mobiliar. Mit ihrer Rente, der Witwenrente ihres verstorbenen Mannes und deiner Unterstützung, hat sie gut leben können!" Peter nickte, blickte unverwandt auf seine Mutter hinab. Petra stand neben ihm, blickte auf die Tote, sah dann ihren Mann an.

„Ich kümmere mich um den Kühlschrank!"

Sie ging in die Küche und er hörte sie dort rumoren. Er begab sich ins Wohnsimmer und setzte sich auf die Couch, dem Fernseher gegenüber, ließ seine

Hand über den Stoff gleiten, so als könnte er die Präsenz seiner Mutter noch spüren. Signora Valetti saß in einem der beiden Sessel und beobachtete ihn.

„Sie hat oft von ihnen gesprochen!", sagte sie.

Er nickte langsam.

„Wenn jemand geht, merkt man erst, was er einem bedeutet hat!", meinte er.

Petra kam aus der Küche und hielt ihm einen kleinen durchsichtigen Beutel mit Haushaltsmüll entgegen. „Da, ich weiß nicht, wo die Mülltonnen stehen!"

Peter erhob sich und ergriff den Beutel.

„Die stehen hinter dem Haus!"

Er verließ die Wohnung und steckte den Schlüsselbund ein, der von innen in im Schloss steckte. Draußen atmete er durch, ging um das Haus durch eine Durchfahrt und betrat den Hinterhof. Zwei kleine Jungs spielten Fußball. Der Ball rollte zu ihm und er kickte ihn zurück. Sie bedankten sich und spielten weiter. Er ging zu den großen Müllbehältern und warf den Beutel in einen hinein. Auf dem Weg zurück dachte er kurz darüber nach, was von einem Menschen übrigblieb, wenn er starb.

In der Wohnung verabschiedete sich Signora Valetti. Petra und Peter dankten ihr und Peter teilte mit, dass sie sich wegen der Überführung in die Stadt fahren würden. Er war ihr dankbar, dass sie sich um die Wohnung kümmern würde. Sie händigten ihr einen Wohnungsschlüssel aus. Als Peter die Tür hinter ihr schloss sah er Petra an.

„Was jetzt?", wollte Petra wissen.

„Wir sollten uns bei einem Bestatter nach der Überführung erkundigen!"

Sie schauten im Internet nach, fanden einen in der Nähe und fuhren hin. Der kleine kräftige Mann mit festem Händedruck empfing sie ruhig und gelassen, führte sie in sein Büro. Sie nahmen ihm gegenüber Platz und er erläuterte auf ihre Fragen hin ihnen alle

Formalitäten und benannte die Kosten für eine Überführung. Sie nahmen die Unterlagen mit, Prospekte und seine Karte. Er geleitete sie hinaus und bedankte sich bei ihnen für den Besuch. Ernüchtert setzten sie sich in den Wagen.

„4.000 Euro für die Überführung!"

Petra ließ ihren Unmut freien Lauf. „Glaubt der, dass wir reich sind?"

Peter senkte den Kopf, richtete sich dann auf, startete den Wagen und fuhr los.

„Ich weiß nicht, was wir machen sollen!", sagte er langsam. „Das alles hier erscheint mir völlig überteuert zu sein. 4.000 Euro ohne den Sarg. Der kommt noch on top hinzu."

Petra sah aus dem Fenster. Sie hielten wieder vor dem Haus und stiegen aus.

„Wir müssen sie nur nach Hause bringen, den Rest erledigen wir dann vor Ort!", meinte Peter. Er stellte sich an seinen alten BMW und legte die Unterarme auf dem Dach ab. Er sann nach und meinte dann zu Petra: „Ich habe eine Möglichkeit, wie wir Mutter ohne eine Überführung nach Rheinland-Pfalz bringen können."
Petra sah ihn an. Er hob den Blick, sah zur Dachbox und dann zu Petra. Sie folgte seinem Blick, stutzte.

„Das ist verrückt! Das kannst du doch nicht machen!"

„Warum nicht? Ich denke, dass sie in die Box passt. Sie hält bis zu 60 Kilo aus. Und in 10 Stunden sind wir in Rheinland-Pfalz. Alles gut so weit."

Petra sah ihn zweifelnd an.

„Und wenn die uns anhalten?"

„Es gibt hier keine Grenzkontrollen mehr."

Er begann mit der Demontage des Trägers. Sie brachten die Box ins Haus und bugsierten sie ins Schlafzimmer, neben die Tote. Der Deckel ließ sich komplett abnehmen. Petra holte aus der Küche große Müllbeutel.

Damit legten sie den Boden großflächig aus.

„Wir sollten sie auch in solche Tüten packen, dann sind wir sicher, dass ihr nichts mehr passiert!"

Peter hob den Oberkörper der Toten hoch, während Petra die große schwarze Mülltüte über ihren Kopf bis zur Hüfte hinab zog. Genauso verfuhren sie mit den Beinen. Dann hob Peter den Körper an, Petra bugsierte das Unterteil der Box zu ihm und er legte den Körper behutsam ab. Sie schlossen den Deckel, nachdem sie noch Decken über die Tote gelegt hatten.

Dann trugen sie die Box nach unten. Auf den Podesten hielten Sie inne, da Petra es kaum schaffte, sie festzuhalten. Peter musste die Box fast allein auf das Autodach heben. Er schob sie in die richtige Stellung und achtete darauf, dass alle Verschraubungen fest angezogen waren. Dann gingen sie zurück in die Wohnung, wuschen sich die Hände, streiften noch einmal durch alle Räume. In einer kleinen Schatulle fanden sie den Schmuck der Mutter. Diesen steckten sie auch ein. Dann überprüften sie alle Fenster, den Herd, Kühlschrank. Zuletzt ging Peter noch einmal kurz ins Schlafzimmer, blieb am Bett stehen, sah hinab. Petra stand an der Tür im Flur, wartete. Nach wenigen Augenblicken nickte Peter und trat in den Flur, verließ mit Petra die Wohnung. Sie schlossen ab. Langsam gingen sie die Treppe hinab, wichen einer Frau aus, die ihnen entgegenkam, grüßten.

Draußen überprüfe Peter noch einmal die Befestigungen der Dachbox. Dann setzten sie sich in den Wagen. Peter atmete noch einmal tief durch und startete den BMW rückwärts, wendete und lenkte durch die Straßen der Stadt.

Eine halbe Stunde später waren sie schon auf der Autostrada Richtung Norden. Peter fuhr. Trotz der gestrigen Fahrt war er nicht müde. Petra neben ihm döste. Nach zwei Stunden wechselten sie sich ab. Peter schlief tief und fest.

Sie kamen gut voran, tankten in Österreich. Sie prüften die Befestigung der Dachbox. In Baden-Württemberg machten sie eine Pause an einer Raststätte. Sie stellten den Wagen am Rand des Parkplatzes ab. Peter überprüfte erneut den Sitz der Dachbox.

Sie betraten die Raststätte und setzten sich in das kleine Restaurant. Peter aß Schnitzel und Kartoffeln, Petra einen Salat.

Sie blieben sitzen und beratschlagten die nächsten Schritte.

„Sobald wir da sind, bringen wir Mutter zu einem Beerdigungsinstitut. Natürlich werden wir sie vorher aus der Box holen und sie hinten in den Wagen legen. Dann können wir sie wie geplant in ihrem Heimatort beerdigen."

Sie schauten im Internet nach Beerdigungsinstituten in der Nähe ihres Wohnortes nach. Später verließen sie das Restaurant und gingen zum Parkplatz.

Der Wagen war weg.

Sie suchten den gesamten Platz ab. Wer würde schon einen älteren BMW-Kombi mit Dachbox stehlen? Der Wagen war nicht auffindbar.

„Was sollen wir jetzt machen?", fragte Petra.

Peter überlegte. „Wir müssen auf alle Fälle die Polizei rufen!"

„Denk an deine tote Mutter in der Box! Wie willst du das erklären?"

Nach einer halben Stunde rief Peter die Polizei. Diese kam und sie berichteten vom Diebstahl des Fahrzeuges. Den Körper der Mutter ließen sie unerwähnt.

Der Wagen wurde nie gefunden, ebenso wenig die Dachbox. Peter und Petra stellten sich das Gesicht des Autodiebs vor, wie dieser freudig die Box öffnete, auf etwas Wertvolles hoffte – und dann die Überraschung seines Lebens vorfand.

Das rote Bild

Die Wahrheit pflückte eine Rose, roch daran und reichte sie ihrer Schwester Lüge.

„Hier riech mal!"

Die Lüge nahm die Rose, warf sie achtlos auf dem Boden und zertrat sie.

„Warum bist Du so gemein?", fragte die Wahrheit.

Die Lüge sah sie gehässig an und rümpfte die Nase.

„Weil die Blume hässlich ist, so hässlich wie du!"

Die Wahrheit weinte laut auf und lief los, den Waldweg entlang. Langsam folgte ihr die Lüge, schlug nach einem bunten Schmetterling, der auf ihrem Arm gelandet war. Als die Lüge den Waldrand erreichte sah sie schon die Wahrheit, die der Vater vor dem kleinen Haus tröstete. In seinen Armen fühlte sich die Wahrheit geborgen. Als die Lüge heran war, setzte der Vater die Wahrheit auf den Boden, rief die Lüge zu sich und nahm sie beide in den Arm. Er sah die beiden traurig an.

„Warum streitet ihr beiden immer fort? Habt ihr vergessen, was ihr eurer Mutter am Sterbebett versprochen habt? Euch immer gut zu betragen und einander zu helfen?"

Er führte die beiden Mädchen ins Haus, ins Wohnzimmer. An der einen Seite stand, von duftenden Blumenkränzen eingefasst, ein rot umrahmtes Gemälde, das ihre Mutter zeigte – die Liebe.

Rainer

Ich wuchs in einem kleinen Dorf mit etwa 300 Einwohnern auf. Die Häuser lagen beiderseits der V-förmigen Hauptstraße. An der Kurve im Dorf lag der kleine Tante-Emma-Laden, wo wir Kinder häufig Süßigkeiten kauften. Im Dorf waren etwa zehn gleichaltrige Kinder, die gemeinsam zur Grundschule fuhren. Rainer lebte mit seinen Eltern im Keller und Erdgeschoss eines zweistöckigen Hauses mitten im Dorf. Sein Vater verlieh in den Niederlanden Yachten und fuhr Stockcarrennen. Vor der Garage stand ein Oldtimer, soweit ich mich erinnern kann ein Citroen Avant Traction aus den 30er Jahren. In der Garage stand der Rennwagen mit zugeschweißten Türen und einer Windschutzscheibe aus schwerem Sicherheitsglas. Seine Mutter arbeitete als Bardame bis spät in die Nacht und war morgens noch am Schlafen, wenn Rainer zur Schule musste. Jeden Morgen nahm er sich etwas Geld von der Mutter oder vom Vater und lief zum Tante Emma Büdchen. Dort kaufte er Brötchen und brachte sie heim und legte sie in der Küche ab. Der Bus, der uns zur Schule abholte, fuhr die V-förmige Hauptstraße entlang und blieb oft kurz an dem Haus von Rainer stehen. Ich sehe ihn heute noch aus dem Haus stürmen und zum Bus laufen. Häufig hatten wir einen italienischen Busfahrer, der an Ampeln zur Gitarre sang. Wir Jungs belagerten die letzte Bank im Bus, stießen uns an, johlten in den Kurven und machten allerlei Blödsinn. Jungs halt.

Wie andere Kinder so war auch Rainer nach der Schule bei uns, weil seine Eltern nicht da waren oder die Mutter ihre Ruhe brauchte. Rainer konnte sehr schnell laufen, und die Mädels fanden seinen Wuschelkopf super. Wir haben uns immer gut verstanden und oft mit Autos gespielt, auch unter der Treppe seines Hauses. Häufig kam er nach der

Schule zu mir, wo meine Mutter für uns Bockwürst-chen mit viel Ketchup machte und wir Hausaufga-ben zusammen erledigten. Dann gingen wir raus spielen. Eines Tages kam sein Vater zu meiner Mut-ter sagte zu ihr, dass es nicht ihre Aufgabe sei, seinen Sohn ständig zu füttern. Meine Mutter, die stets ein großes Herz für Kinder hatte, teilte ihm an der Tür lapidar mit: „Da haben sie völlig recht. Es ist ihre Aufgabe!"

Damit ließ sie ihn stehen, und er ging beschämt nach Hause.

Irgendwann zogen sie weg und ich verlor den Kontakt zu Rainer. Viele Jahre später traf ich ihn zu-fällig in der Stadt in meiner Stammkneipe wieder. Wir unterhielten uns über die „guten alten Zeiten" und wie er oftmals bei uns gewesen war. Wir lach-ten, als wir uns daran erinnerten, wie er an meinem Geburtstag die Torte an die Wand geworfen hatte.

Wir verabschiedeten uns und er sagte zu mir: „Grüß mir Tante Anna!"

Ich habe es meiner Mutter ausgerichtet.

Der Nebel

Und Gott trennte das Licht vom Dunkel und sah, dass es gut war. Er schuf den Himmel und die Erde und wandelte über das weite Land, das von einem dichten Nebel bedeckt war. Gott sah durch den Nebel Bewegungen und Objekte. Der Nebel wich vor ihm zurück. Jedes Mal, wenn er etwas sah oder begegnete, deutete er darauf und benannte es. Sofort trat es hinaus aus den Schatten und wurde zum Tier oder zur Pflanze. Ihm kam ein großer Schatten entgegen im Nebel und dieser lichtete sich. Gott zeigte auf den Schatten und rief „Tiger!" und ein großer gestreifter Tiger stand vor ihm. Der Tiger senkte sein Haupt bis auf den Boden und wich rückwärts zurück, bis er sich umdrehte und in den Nebel verschwand. So benannte Gott alle Pflanzen und auch die Tiere in den Bäumen und auf dem Boden und in der Luft. Der Nebel wich immer weiter zurück, bis ein letztes kleines Gebiet bedeckte war. Gott bemerkte einen Schatten hinter einem dicken Baum.

„Wer oder was bist du?", fragte Gott und deutete auf den Schemen im Nebel.

Der Schemen antwortete: „Ich möchte keinen Namen haben, ich möchte hier im Dunkeln und in der Sicherheit des Nebels verbleiben. Warum sollte ich einen Namen haben wollen?"

Gott zeigte um sich herum und wandte sich wieder an den Schatten hinter dem Baum.

„Alles hier auf meiner Welt bekommt einen Namen von mir. So kann ich die Sachen leichter auseinanderhalten, wenn ich sie sehe."

„Aber ich möchte nicht benannt werden!", sagte der Schatten. „Wer gibt dir das Recht, alles beim Namen zu benennen?"

Gott erwiderte: „Weil ich Gott bin, der alles hier geschaffen hat."

Der Nebel lichtete sich.

Er sah den Schatten hinter dem Baum geduckt.

„Du wolltest nicht benannt werden und hast dich mir widersetzt. Als Strafe musst du jedes Lebewesen von Sonnenaufgang bis Sonnenuntergang begleiten und ihm zu Diensten sein!"

Der Schatten schrie erschrocken auf, zerriss und verteilte sich durch die Luft an alle Geschöpfe. So kam der Schatten in die Welt und muss uns noch immer folgen.

Sektfrühstück

Der junge Mann verließ seine Arbeitsstelle im Architekturbüro und fuhr mit seinem Wagen zum Hauptbahnhof, parkte am Hintereingang. Er stieg aus, prüfte noch einmal den Sitz seiner Weste über dem hellblauen Baumwollhemd, nahm vom Beifahrersitz den Beutel, schloss die Tür ab. Es war ein angenehmer Sonnentag. Er fühlte die Vorboten des Sommers in der Luft, atmete tief ein. Eine innere Ruhe erfüllte ihn. Er betrat den Hauptbahnhof. Links führten Treppen zu den Gleisen hoch, rechts waren Lifte. Er stieg die Treppe hinauf zum Gleis 8 und wartete auf die S-Bahn den S8. Wenige Minuten später hielt der Zug vor ihm. Er stieg ein und ging zu einem der ersten Wagons vor. Die Bahn fuhr los, an der großen Stadt vorbei in Richtung Universität.

Er setzte sich ans Fenster, mit dem Rücken in Fahrtrichtung. Nach 35 Minuten hielt die S-Bahn auf der Plattform. Er bemerkte sie sofort, als die Bahn langsam an den Wartenden vorbeifuhr. Sie stieg in den Waggon vor ihm. Er ergriff den Beutel, den er auf den Sitz neben sich gestellt hatte und stand auf. Er richtete die Weste und öffnete die Tür zum benachbarten Waggon. Seine Freundin schaute aus dem Fenster, erst als er nähertrat, sah sie zu ihm auf.

„Was machst du hier?", fragte sie erfreut.

Er sagte: „Ich bin hier, um dir eine Freude zu bereiten."

Er setzte sich ihr gegenüber, stellte den Beutel neben sich ab. Im Beutel öffnete er den kleinen Karton und entnahm ihm zwei Sektfontänen, die er ihr beide reichte. Dann holte eine kleine Flasche Sekt heraus.

„Du magst doch trockenen Sekt!", sagte er und öffnete vorsichtig die Flasche und goss den Sekt ein.

Die Flasche steckte er zurück in den Beutel. Sie reichte ihm ein Glas und sie stießen an.

„Auf dich!", sagte er.

„Auf dich!", sagte sie.

So saßen sie zusammen und die Zuneigung wärmte ihre Herzen. Sie berichtete ihm von den anstehenden Klausuren und er ihr von der Arbeit im Architekturbüro. Sie tranken den Sekt aus, er steckte die beiden Sektfontänen wieder in den Karton. Er bemerkte, dass ihn Frauen in der Umgebung musterten. Eine stieß ihren Freund an und sagte halblaut: „So etwas machst du nie für mich!"

„Das ist Kitsch!", meinte der Mann zähneknirschend und sah den jungen Mann finster an.

„Aber schön!", meinte seine Freundin.

Eine Viertelstunde später hielten sie am Zielbahnhof und stiegen aus. Der Mann trug den Beutel bei sich. Auf dem Gleis hielten sie sich umschlungen, küssten sich. Dann begleitete er sie die Treppe hinab. Dort verabschiedeten sie sich. Während sie zur Uni ging, stieg er die Treppe zu einem anderen Gleis wieder hinauf. Er fuhr mit dem Zug zum Hauptbahnhof zurück, stieg in seinen Wagen und fuhr zum Architekturbüro.

„Und wie ist es gelaufen?", fragte ihn die Kollegin.

„Super!", meinte er. „Sie hat sich sehr gefreut!"

Sophie

Wie lange ich hier gesessen hatte, wusste ich nicht.

Zehn Minuten?

Eine Stunde?

Seit gestern?

Das Sonnenlicht drang durch die Jalousien und füllte das Wohnzimmer mit Lichtbändern auf dem Fußboden und den Wänden. Ich saß noch immer unbewegt im Sessel, die Hände auf den Armlehnen abgelegt, Rücken aufrecht, Blick ins Bodenlose, nichts vor mir.

Sophie

Gestern Morgen war ich von der Montage zurückgekehrt und meine Frau Helen hatte mir offenbart, dass sie ausziehen würde.

Heute.

Mit Sophie.

Ihre Sachen wären schon in der neuen Wohnung. Sie hatte nur noch auf mich gewartet. Fassungslos hatte ich sie angeschrien. Begriff den Sinn ihrer Worte nicht.

„Ich habe es dir immer wieder gesagt, aber du wolltest nicht hören! Komm, Sophie, das Taxi wartet schon auf uns!"

Sophie an Helenes Hand.

„Tschüss Papa!", rief sie mir zu und winkte.

Helen drehte sich zu ihm um.

„Am Wochenende bringe ich sie zu dir!"

Dann gingen sie beide durch die Wohnungstür hinaus. Mir schien es so, als hätten sie ein Loch in meinem Blick hinterlassen.

Eigenartig.

Ich beobachtete die Lichtstreifen, die über die Wand glitten. Die Sonne wanderte weiter, der Einfallswinkel wurde zu groß, die Lichtstreifen verschwanden. Nur Dunkelheit blieb zurück. Lange blieb ich im Sessel sitzen, bis völlige Dunkelheit den Raum ausfüllte.

Ich dachte an die vielen Streitigkeiten mit Helen und an Sophie, die so viel mitbekommen hatte. Helen hatte herausgefunden, dass ich auf Montage eine Affäre gehabt hatte und warf es mir in Anwesenheit von Sophie vor. Anfänglich leugnete ich. Schließlich gab ich es zu und spie ihr entgegen: „Die weiß wenigstens, wie Sex geht und ist nicht so steif und frigide wie du!"

Beleidigt war Helen davongezogen und hatte die Schlafzimmertür wütend hinter sich zugeknallt. Sophie schickte ich in ihr Zimmer. Ich schlief im Wohnzimmer auf der Couch und behielt es bei. Morgens begegneten wir uns in der Küche wie Fremde. Sophie war das Niemandsland, die neutrale Zone. Wir beide sprachen mit Sophie, nicht miteinander.

Ich hatte bei einer Veranstaltung eine Frau kennengelernt. Wir trafen uns, beim ersten Treffen hatte sie mir im Auto einen geblasen. Wir trafen uns oft auf einem Parkplatz unweit unserer Wohnung. Geiler, wilder, leidenschaftlicher Sex, so ganz anders als mit Helen! Ich genoss diese Abwechslung, fühlte mich frei und lebendig dabei. Wie sich meine Frau fühlte - wusste Sie davon? – Bestimmt! - war mir egal. Uns trennten Welten, das war immer so gewesen, auch lange vor der Ehe. Schon am Anfang war mir an Helen ihre Steifheit aufgefallen. Beim Tanzen bewegte sie sich steif und ruckhaft, kein Vergleich zu den anmutigen und erotischen Bewegungen der anderen Frauen um sie herum. Ich fühlte die Blicke der anderen auf mir und deren unausgesprochene Frage: Warum sie? Ich wusste es selbst nicht genau. Vielleicht weil ich sie gut kannte? Weil ich - ohne es zu wissen - mit ihrem Exmann zusammengearbeitet hatte? Völlig schräge Geschichte! Weil sie schon zwei Kinder hatte und ich davon ausging, dass sie ein drittes Kind würde haben wollen und händeln können? Gegebenenfalls auch ohne mich? Weil ich sie attraktiv fand? Wahrscheinlich von allem etwas.

Jetzt saß ich im dunklen Wohnzimmer. Irgendwann stand ich auf, legte eine dünne Decke auf die Couch und begab mich zur Ruhe, das Ehebett blieb unberührt.

Am nächsten Wochenende hatte ich Sophie bei mir.

Wir gingen Eis essen und zum nächsten Spielplatz. Ich sagte ihr, dass Mama und Papa sich nicht mehr liebhätten und deswegen auseinanderleben würden, dass aber wir beide sie liebhätten. Als Helen Sophie abholen kam, wollt ihr mit ihr reden. Helen blockte ab, ein erregtes Gespräch entspann sich. Wir schrien uns an. Schließlich ergriff sie Sophies Hand und zerrte sie mit sich. Wutentbrannt folgte ich ihr auf den Gehweg.

„Nächsten Freitag kannst du sie bei mir abholen!", stieß sie hervor.

„Du bist gegangen!", schrie ich. „Du bringst sie mir vorbei!"

Ein Passant blieb stehen, sah zu uns, ging dann schnell weiter.

„Du bist schuld, dass ich gegangen bin!" rief Helen.

„Blöde Kuh! Am Freitag um 17 Uhr ist Sophie bei mir, sonst regeln das unsere Anwälte!"

Helen ließ Sophie in ihren Wagen einsteigen und fuhr los. In der Folgezeit gab es viel Streit. Während der Scheidung wurden viele Dinge geregelt und schriftlich festgehalten. Nach der Scheidung lief es besser zwischen uns.

Wenn ich meine Tochter bei der Mutter ablieferte, ging es mir schlecht. Als hätte ich einen schlechten Geschmack im Mund. Dann saß ich lange auf dem Sessel und ließ die Stimmung langsam abklingen.

Ich wusste nicht, was ich dann tun sollte. Trank. Bier und auch viel Wodka. Ich wollte den Schmerz betäuben, aber der Schmerz betäubte mich.

Ich holte meine Tochter ab, wir verbrachten viel Zeit miteinander. Das war mir immer wichtig gewesen. Ich war nicht Vater geworden, um mein Kind abzuschieben oder nicht zu sehen, nur weil ich mit der Mutter Stress hatte. Die Mutter gab mir immer Aufgaben mit, die ich mit Sophie rechnen oder ausfüllen sollte. Samstags spielten wir, Sonntagvormittag ging es an die Hausaufgaben. Das ging manchmal nicht ohne Weinen und Gezeter ab. Die Mutter machte es sich einfach, ließ mich die unangenehmen Sachen erledigen. Sophie wuchs heran. Wir besuchten viele Theaterstücke, Spielplätze in der Umgebung, Indoorspielparadiese. Ich brachte sie zu Kindergeburtstagen und holte sie auch wieder ab. Immer wenn ich sie bei der Mutter abgeben musste, war das brennende Gefühl da, auch nach Jahren. Es schmerzte mich, sie nicht bei mir zu wissen. Meine Ex-Frau hatte einen neuen Freund, der einen großen schlecht erzogenen Hund bei sich hatte. Manchmal feierten wir zusammen Sophies Geburtstags. Da kam es vor, dass der Hund Sophies Barbiepuppen ansabberte, was ich gar nicht gut fand.

Natürlich stellte sich meine Ex-Frau auf die Seite ihres neuen Freundes, der überhaupt nicht verstand, wie man das Verhalten seines Hundes nicht gutheißen könnte. Sophie wurde gezwungen jeden Abend mitzugehen zu Mamas neuen Freund und dort mit ihm zu Abend zu essen. Auch als sie ihrer Mutter mehrmals sagte, dass sie ihn nicht leiden könne. Die Mutter tat das ab mit den Worten: „Das hat dir dein Vater eingeredet!" Und dabei stimmte es gar nicht.

Die Jahre vergingen. Sophie wuchs heran, verbrachte immer mehr Zeit mit ihren Freundinnen. Irgendwann offenbarte sie mir, dass sie einen Freund hätte. Sie würde bei ihm übernachten, die Mutter wüsste Bescheid. Ich war klug genug, nicht bei der Mutter nachzufragen, sondern ließ es geschehen. Ab und zu übernachtete der Freund bei uns, in meiner Wohnung. Dann fiel es mir schwer, die Situation zu ertragen, als ich nachts auf die Toilette musste und Lustschreie meiner Tochter hörte.

Sophie machte ihr Abitur, da sie mit fünf Jahren eingeschult worden war und nur zwölf Jahre zur Schule gehen musste, machte sie es mit siebzehn Jahren. Sie zog aus, studierte weit weg im Süden. Die Mutter war den komischen Freund inzwischen losgeworden, hatte einen anderen, wesentlich älteren gefunden.

Eines Tages …
gemeinsam packten wir die Einrichtung von Sophies Zimmer in einen 7,5-Tonner. Ich drückte meine Tochter, dann fuhr sie mit der Mutter und Mutters Freund Richtung Süden. Drei Stunden Fahrtzeit.

Ich telefonierte häufig mit ihr zu Beginn, sie war wortkarg, die Telefonate wurden in den folgenden Wochen seltener. Ich wusste nicht, wie sich ihr Studium entwickelte, sie sagte zwar immer, wenn wir sprachen „Es läuft gut, Vater!" aber ich traute ihr bald nicht mehr.

Als sie achtzehn Jahre alt war, rauften ihre Mutter und ich uns wohl oder übel zusammen, Ich schickte alle Fotos, die ich von Sophies Entwicklung für wertvoll hielt an Helen. Sie machte daraus ein dickes Buch, schickte es ihr, ohne es mir mitzuteilen.

Ich besuchte meine Tochter mehrmals im Süden. Es war immer eine Dreistunden Fahrt hin und ebenso lange zurück. Ich wollte sie sehen, umarmen, an ihrem Leben teilhaben. Sie war zurückhaltend, meine Fragen nach einem Freund wich sie immer aus, murmelte, dass sie jetzt keine Zeit dafür hätte. Ich wusste nicht, was sie außer des Studiums tat, war verschlossen. Sie zog aus ihrem Appartement in eine WG, ich half ihr bei den Vorbereitungen, half ihr beim Packen. Es tat mir immer weh, wenn ich ging. Dabei beschlich mich das Gefühl, dass es bei ihr mehr eine Erleichterung war, dass ich wieder fuhr.

So sahen wir uns selten.

Nach zwei Jahren Studiums erfuhr ich zögernd von ihr, dass sie ihr bisheriges Studium nicht weiter fortsetzen würde. Ich war sauer, weil ich bislang knapp 1000 Euro pro Monat für die bezahlt hatte. Für sie war das eher eine gleichgültige Entscheidung, so kam es mir zumindest vor. Ich war sauer über ihre Einstellung. In den zweieinhalb Jahren hatte ich knapp 25.000 Euro in sie investiert. Das Geld war weg. Jetzt neues Studium – mal sehen. Ich war sauer, bemerkte, dass es meine Tochter nicht sonderlich interessierte.

Wie soll es weitergehen? Ich weiß es nicht. Ich telefonierte mit ihr öfters, ich besuchte sie und wir sprachen uns ordentlich aus. Sie hatte sich die neue Richtung gründlich überlegt. Ich legte ihr nahe, beruflich etwas völlig anderes zu machen, einen anderen Job, bei dem sie auch viel Geld nach kurzer Zeit verdienen würde. Sie blieb bei ihrer Wahl. Bin gespannt, was aus Sophie wird.

Ich beende jetzt meine Tagebucheintragungen und hoffe auf das Morgen, das mir neue Einsichten geben wird.

Aus den Aufzeichnungen und Mitteilungen eines engen Arbeitskollegen.

Ivo

Die Soldaten marschierten auf der Straße, wichen Rissen und Löchern aus, die von Granaten stammten. Vorbei an oft leeren Häusern, einige waren nur noch Ruinen. Sie alle hingen ihren Gedanken nach, folgten dem Mann vor ihnen.

Die Kolonne passierte zwei Häuser, die noch bewohnt waren. Vor einem standen die Bewohner, eine Familie, mit den Großeltern und Kindern. Mann und Frau standen am niedrigen Zaun und beobachteten die Soldaten. Die Frau war schwanger, streichelte ihren dicken Bauch. Sie winkten den Soldaten zu, einige winkten zurück. Die Front war nahe und man hörte die Abschüsse von Geschützen.

Einer der Soldaten verließ die Kolonne, ging langsam auf den Mann und die Frau zu, hob beschwichtigend beide Hände. Der Mann runzelte die Stirn. Die Frau sah den Soldaten zurückhaltend an. Langsam nahm der Soldat seine Waffe von der Schulter und lehnte sie an den Zaun, dann trat er langsam näher.

Er hatte müde Augen. Zu schnell gealtert.

Er lächelte.

Der Mann und die Frau lächelten zurück.

„Darf ich?", fragte der Soldat und streckte vorsichtig eine Hand nach dem dicken Bauch der Frau aus.

Die Frau zögerte, dann nickte sie.

Der Soldat trat heran und berührte behutsam den gewölbten Bauch der Frau.

Er lächelte die Frau an.

„Junge oder Mädchen?", fragte er.

„Wahrscheinlich ein Junge!", sagte die Frau.

„Gebt ihm den Namen Ivo. Dann werde ich nicht vergessen. Ich gehe, damit er nicht gehen muss. Wir alle gehen für ihn!"

Er spürte die Bewegungen des Ungeborenen.

Er sah die beiden traurig an und zog die Hand zurück.

„Danke!", sagte er, schulterte seine Waffe.

Er eilte hastig seiner Einheit hinterher. Die Frau und der Mann sahen ihm nach.

Die Frau streichelte lächelnd ihren Bauch.

„Hallo Ivo!", sagte sie leise.

Giacomo und Lisa

Als mein Sohn fünf wurde, zogen wir in eine neue Wohnung. Wie erkundeten die nähere Umgebung und fanden mehrere Kinderspielplätze. Einer lag günstig in der Nähe eines Kiosks und einer beliebten Pommesbude, wo wir regelmäßig Eis und Pommes kauften. Auch heute machten wir es uns wieder auf dem Spielplatz bequem. Ich brachte immer viele Spielsachen mit, Autos, Förmchen, Eimer, was zu essen und zu trinken. Und wie so oft mustert wir die anderen Kinder, kamen mit den Eltern ins Gespräch. Oft waren es die gleichen Eltern mit ihren Kindern.

Mir fielen zwei Kinder auf, die häufig nebeneinander auf einer der Bänke saßen. Ich schaute ihnen beim Spielen zu. Beide trugen einfache Kleidung, hatten längere dunkle Haare. Wie üblich hatten wir geschnittene Karotten und Gurkenscheiben mit. Wir hatten immer etwas zu knabbern dabei. Ich bemerkte, dass die beiden Kinder nicht dabeihatten und auch nur wenig Spielzeug.

Ich wies mein Sohn unauffällig an, aus einer Dose den anderen Kindern Kekse anzubieten, auch den beiden. Sie zögerten, etwas anzunehmen. Das Mädchen sah den Jungen an, der den Kopf schüttelte und ablehnte. Mein Sohn hielt ihr die Keksdose entgegen. Nach einigen Zögern nahm sie einen Keks. Ihr Bruder tat es ihr schließlich nach. Die beiden aßen die Kekse schnell auf. Sie hockten sich in den Sandkasten und spielten mit ihren Autos und Förmchen.

Wir spielten noch eine Weile in dem Sandkasten und gingen heim. Am nächsten Nachmittag waren wir wieder vor Ort und die beiden auch wieder da. Wie auch am Tag zuvor bot Noel den Kindern Kekse an. Die beiden nahmen sie dankbar an und aßen sie schnell auf. Das Mädchen war etwa 5 Jahre alt und der Junge etwa 7. In der Ferne klingelte der Eismann. Das Mädchen sagte zu ihrem Bruder: „Der Eismann ist da, können wir nicht ein Eis holen?"

Der Junge schüttelte den Kopf, das Mädchen schaute traurig auf dem Boden.

„Wir haben dafür kein Geld. Das weißt du doch!"

Ich bat meinen Sohn, drei Eis zu kaufen mit jeweils einer Kugel Schokolade, seiner Lieblingssorte. Als er zurückkam, sagte ich ihm, dass er das Eis auch an die beiden Kinder geben solle. Der Junge lehnte ab, als seine Schwester danach greifen wollte. Ich sagte den beiden, dass sie es ruhig nehmen könnten, denn ich würde kein Eis essen wollen. Erst danach nahmen die beiden die Eistüten und begannen daran zu lecken. Später nahmen sie auch Dinkelkekse von uns an und spielten mit meinem Sohn im Sand. Gegen 5 Uhr am Nachmittag machten wir uns auf den Heimweg und suchten das Spielzeug zusammen. Ich fragte den Jungen, ob sie nicht auch nach Hause gehen würden, da sich am Himmel Regenwolken zusammenbrauten. Er schüttelte mit dem Kopf und schaute zu Boden. Seine kleine Schwester platzte heraus: „Mama hat gesagt, dass wir erst am Abend wieder zu Hause sein sollen, damit sie ihre Ruhe hat!"

Ihr Bruder stieß ihr in die Rippen und sah sie böse an. Mein Sohn gab ihnen noch einige Kekse, und wir gingen davon. Am nächsten Tag, es war ein Samstag, waren wir erst Einkaufen und gingen anschließend zum Spielplatz. Die zwei Kinder waren wieder da und spielten im Sand mit den wenigen Förmchen. Mir fiel auf, dass die anderen Kinder Abstand von ihnen hielten. Eine Mutter sagte zu ihrem Sohn, dass er nicht mit den beiden spielen sollte. Sie sagte es leise, doch ich hörte es trotzdem. Ich weiß nicht, ob die Kinder das gehört hatten, aber sie sahen zu Boden und spielten weiter. In den nächsten Tagen trafen wir die Kinder immer wieder auf dem Spielplatz. Mein Sohn und der Junge und das Mädchen spielten häufig miteinander.

Eines Tages ging ich zur nahen Pommesbude und

brachte für die Kinder Currywurst und Pommes mit und ließ auch die beiden Kinder davon essen. Die beiden Kinder sollten das Gefühl haben, dass es ein natürlicher Vorgang sei, mit meinem Sohn und mir zu essen und sich nicht dafür schämen zu müssen. Wir kamen ins Gespräch. Die beiden hießen Lisa und Giacomo.

An einem Nachmittag begann es zu regnen und mein Sohn und ich packten eilig die Sachen zusammen. Die anderen Eltern packt ebenfalls zusammen und wir wollten gehen, als ich sah, dass die beiden Kinder sich in einer der Hütten unterstellten. Sie machen keine Anstalten, den Spielplatz zu verlassen.

„Hey Kinder!", rief ich. „Wollt ihr nicht nach Hause gehen, es regnet gleich!"

Der Junge sah auf dem Boden und schüttelte mit dem Kopf. Daraufhin nahm ich mein Handy aus der Tasche und wies sie an, ihre Mutter anzurufen und zu fragen, ob sie nicht zu uns zum Spielen kommen dürfen. Widerwillig sprach der Junge in das Mikrofon. Ich sagte ihm er sollte es mir geben, ich stellte mich förmlich vor, nannte meinen Namen und nannte auch die Adresse, wo wir hingehen würden, und bot ihr auch an, mitzukommen, damit sie schauen könnte, wohin wir gehen würden. Wir würden dafür sorgen, dass die Kinder am Abend wieder bei ihr sein würden. Ich sagte ihr auch, dass sie keine Sorgen haben müsste und ließ den Jungen ein Foto von mir und meinem Sohn machen, wo ich neben meinem Sohn hockte, und ich schickte ihr auch ein Foto meines Personalausweises mit meiner Adresse darauf. Daraufhin sagte sie mir, dass die beiden gegen 19 Uhr bei ihr sein sollten. Wir gingen dann in unsere die Wohnung, die nur einige Minuten vom Spielplatz entfernt lag. Dort zogen sich alle die Schuhe aus und wuschen sich die Hände, und dann führte Noel beide in sein großes Kinderzimmer, wo die Spielsachen in Haufen auf dem Boden lagen. Für die Besuche von Mädchen gab es auch Spielzeug. Die kleine Lisa freute sich über Barbie-Puppen und begann diese in einem Puppenhaus unterzubringen. Es war offensichtlich, dass die beiden nicht so viele Spielsachen besaßen. Giacomo wusste nicht, womit er zuerst spielen sollte.

Giacomo und Noel spielten mit Autos. Sie setzten sich an den Schreibtisch und spielten mit dem Lerncomputer. Giacomo war völlig fasziniert davon. Nach einer Stunde wies ich Noel an, dass er den Rechner ausschalten sollte, damit sie sich dann an den Tisch setzen können, um ein wenig zu zeichnen. Ich fragte, ob sie Hunger hätten und alle bejahten.

Auf dem Küchentisch stellte ich drei Schüsseln auf und füllte sie mit kleinen Würstchen, dazu machte ich einen großen Topf Spiralnudeln und Sauce Bolognese. Ich rief die drei zum Essen und wies sie noch mal an, sich vor dem Essen die Hände zu waschen.

Alle drei aßen mit Herzenslust und ließen sich auch zum zweiten Mal die Teller füllen. Giacomo und Lisa blühten auf, und ich fragte sie nach der Schule und Kindergarten und ließ sie von den Sachen erzählen, die sie mochten. Beide zeichneten gerne.

Nach dem Essen ließ ich sie noch zeichnen. Lisa hatte ein Pferd gezeichnet und ausgemalt. Giacomo und Noel hatten Autos und Schiffe gezeichnet.

Mein Sohn fragte mich, ob sie die Carrera-Bahn aufbauen könnten, doch ich wies auf die Uhr und sagte, dass die beiden jetzt nach Hause gehen müssen und wir das sicherlich ein anderes Mal machen könnten. Noel blieb zu Hause und ich begleitete die beiden Kinder zu einem Wohnkomplex unweit des Spielplatzes.

Ich wollte mit an die Wohnungstür, um mit der Mutter zu reden. Giacomo war es sichtlich peinlich. Er druckste herum, meinte, dass es wohl besser sei, wenn sie allein hochgehen würden. Daher wartete ich unten an der Haustür ab, bis sie klingelten und eine genervte Stimme fragte, wer da sei.

„Giacomo und Lisa!", sagte Giacomo betont fröhlich.

Wenige Augenblicke später ertönte ein Summen.

Sie öffneten die Tür. Giacomo dankte mir für den schönen Nachmittag. Sie traten ein und schlossen schnell die Tür hinter sich.

In den nächsten Tagen kamen wir nicht dazu, zum Spielplatz zu kommen.

Ich unterhielt mich mit meinem Sohn über Giacomo und Lisa. Er mochte beide, spielte gerne mit Giacomo. Wir sprachen über seinen Geburtstag, den er dieses Jahr in einem Indoor-Spielparadies feiern wollte. Da fragte ich ihn, ob er die beiden nicht auch einladen würde. Er überlegte kurz und nickte.

„Da werden sich die beiden bestimmt freuen!", meinte ich.

Noel fand die Idee gut. Beim nächsten Treffen lud Noel die beiden zu seinem Geburtstag ein. Noel sprach mit Giacomo. Lisa spielte im Sandkasten. Giacomo dankte ihm und sah betreten auf dem Boden. Noel wandte sich Lisa zu und spielte mit ihr im Sandkasten.

„Hey Giacomo, was ist los?", fragte ich ihn leise.

Ich ahnte schon, was kommen würde.

„Wir haben keine Geschenke für Noel!", sagte Giacomo leise zu mir. „Mutter hat kein Geld!"

Er sah noch immer auf den Boden.

Ich raunte ihm leise zu, dass dies auch gar nicht nötig sei, denn ich hätte so viel Zeug gekauft, dass ich von seiner Mutter Ärger kriegen würde, wenn ich im in diesem Alter so viel schenkte.

„Du würdest mir einen Gefallen tun, wenn du ihm einige der Sachen schenken würdest, du und Lisa. Also am Samstag gegen 2 Uhr seid ihr vorne an der Straße und dann fahren wir ins Spieleparadies. Und mach dir keine Gedanken um die Geschenke.

Gehe lieber spielen!"

Ich konnte sehen, wie ihm ein Stein vom Herzen fiel. Seine Schulter hoben sich und er hockte sich zu Noel und Lisa.

Am Samstag war ich gegen 14 Uhr an der Straße und sah die beiden schon warten, Hand in Hand. Ich hielt am Bordstein und die beiden stiegen ein. Ich hatte mir noch zwei Kindersitze besorgt, so dass Noel links, Lisa in der Mitte und Giacomo rechts saß.

„Kommt deine Mutter nicht mit?", fragte Giacomo Noel.

Er sagte ihm, dass sein Vater und seine Mutter getrennt leben würden. Giacomo senkte den Kopf und sagte leise, dass sein Vater nach Italien zurückgegangen sei und sie ihn schon länger nicht gesehen hätten.

Wir erreichten das Indoorspielparadies und parkten im Schatten zweier großer Bäume Während die Kinder am Auto warteten, holte ich mehrere Taschen heraus. Wir vier gingen zum Spieleparadies und warteten am Eingang auf die anderen Kinder. Es kam noch fünf Kinder und zwei der Mütter blieben bei uns. Wir betraten die große Halle, es war bereits laut. Links war die Theke zum Anmelden und rechts einige Toiletten. Dahinter öffnete sich die Halle. Vorne waren große Klettergerüste, mit Netzen gesichert, dazwischen eine Gokart-Bahn. Trampoline, ein Bungee Bereich und auch Becken mit bunten Bällen für Kleinkinder gefüllt, vervollständigten die Inneneinrichtung. Die Augen der Kinder leuchteten, als sie die ganzen Möglichkeiten erblickten.

Wir gingen zusammen zu einem der Kabinen links, in dem abgeschlossen Bereich mit der Bezeichnung Piratenhöhle. Wir wiesen die Kinder an, ihre Jacken in einer Ecke abzulegen. Und die Schuhe auszuziehen. Die Schuhe stellten sie in Reih und Glied neben der Tür auf. Die Kinder sollten zu uns zurückkommen, wenn sie hungrig oder durstig seien. Während die anderen Kinder hinaus liefen, um zu spielen rief ich Giacomo zu mir und reichte ihn zwei Tüten. Ich sagte ihm, dass dies die Geschenke für Noel sein, die er und Lisa Noel übergeben sollten. Die Tüten legten wir auf die Sitzflächen der beiden. Freudestrahlend lief Giacomo hinaus zu den anderen. Die beiden Mütter halfen mir beim Aufbauen von Knabberzeug und Trinken. Wir stellten die Flaschen an das Kopfende des Tisches, weg vom Eingang. Dort nahmen wir Platz. Jedes Kind bekam einen andersfarbigen Becher auf dem Platz gestellt sowie einen Teller mit Kunststoffgabel. Es handelte sich um stabile Gabeln in der gleichen Farbe wie die Becher und die Kunststoffteller. Die Kinder kamen hin und wieder mit erhitzten Gesichtern in unsere Unterkunft, tranken und aßen etwas und brausten wieder los. Giacomos Augen leuchteten, als er mir stolz von den Gokartfahrten erzählte. Wir drehten unsere Runden und schauten, was die Zwerge so veranstalteten. Mein Sohn war immer unterwegs, immer auf den Klettergerüsten ganz oben.

Gegen 17:45 Uhr zogen wir los und suchten die Kinder. Pünktlich um 18 Uhr stand eine Frau mit einem Servierwagen in unserer Hütte und brachte eine große Schüssel Pommes und zwei Schlüssel mit Chicken-Nuggets. Unsere Kids saßen alle mit erhitzten Gesichtern am Tisch. Dann reicht uns die Kinder ihre Becher und wir schüttelten O-Saft oder stilles Wasser hinein. Dann begann das große Essen.

Die Kinder saßen und aßen und lachten und erzählten was sie so alles angestellt und gemacht hatten. Nach dem Essen räumten wir den Rest ab und es gab es die Geschenke für Noel. Die Kinder reichten Noel ihre Geschenke, auch Giacomo und Lisa. Noel packte alles aus, freute sich über Autos und Bücher und andere Spielsachen.

Eine halbe Stunde später fuhren wir nach Hause.

Die drei unterhielten sich auf der Rückbank aufgeregt und durcheinander über das, was sie alles gemacht hat. Noel hatte den Kindern noch kleine Tüten mit Kleingebäck gegeben als kleines Dankeschön, dass sie bei ihm gewesen waren.

Lisa hatte eine kleine Puppe bekommen und die beiden Jungs spielten mit Autos. Wir hielten unweit des Wohnkomplexes und Noel und ich brachten die Kinder bis vor die Haustür. Beine strahlten mich an und sagten Danke und verabschiedeten sich auch von meinem Sohn. Ich drückte auf den Klingelknopf, den Giacomo mir zeigte und ich teilte der Mutter mit, dass ich ihre Kinder wohlbehalten nach Hause gebracht hätte.

Eines Tages rief mich die Mutter von Giacomo und Lisa an und fragte mich, ob die zwei über das Wochenende bei uns bleiben könnten, weil sie dringend wegmüsse, um etwas zu erledigen. Es wäre ihr peinlich zu fragen, aber sie wüsste sonst niemanden anderes, den sie um so etwas bitten könnte.

Die Kinder würden sich darauf freuen. Ich sagte zu und am nächsten Freitag holten wir die beiden ab. Dabei traf ich zum ersten Mal die Mutter, eine hochgewachsene schlanke Frau, mit blauen Augen und langen manikürten Nägeln. Sie drückte kurz ihre Kinder und reichte mir zwei kleine Taschen.

„Da sind die Sachen der beiden drin!", sagte sie.

Wir gingen die Treppe hinab, Lisa trug einen Teddy unterm Arm, Giacomo einen kleinen Koffer in Form eines Lastwagens, in dem kleine Autos geparkt waren. Die beiden freuten sich offensichtlich, bei uns zu sein. Wir quartierten Giacomo in das Zimmer meines Sohnes ein und die kleine Lisa bekam das kleine Gästezimmer. Dort war ein Bett, ein Tisch und ein Kleiderschank und ein Fenster.

Die drei spielten zusammen und später machte ich was zu essen. Wir saßen zu viert am Tisch und alle drei aßen das Gericht: Hähnchen, mit Kartoffeln und Gemüse. Ich fragte sie, was sie gerne essen würden, und nach kurzem Schweigen meinte Giacomo, dass sie häufig Nudeln essen würden, weil es am schnellsten ginge.

„Oh das ist gut!", meinte ich „denn wir essen auch gerne und viel Nudeln!"

Am Abend hocken wir uns ins Wohnzimmer auf die Couch und schauten wir uns gemeinsam auf einer DVD eine halbe Stunde lang Geschichten von Michel von Lönneberga an. Alle drei putzten sich brav die Zähne und begaben sich zu Bett.

Pünktlich um 9 Uhr schaltete ich das Licht bei den Jungs und bei Lisa aus.

Am nächsten Morgen ging ich zum Bäcker und kaufte Brötchen und Brot und redete mit Giacomo, der schon wach war und sich an den Küchentisch setzte. Er hatte offensichtlich Hunger. Mein Sohn schlief noch.

Daher machte ich Frühstück für ihn und mich. Wenig später tauchte Lisa auf, in ihrem rosa Pyjama und mit einem Teddy unterm Arm. Ich weckte Noel und setzten uns alle an den Tisch. Die Brötchen schnitt ich auf und legte sie auf die Brettchen. Noel hatte eine Vorliebe für Flugzeuge, die Brettchen zeigten verschiedene Flugzeuge. Giacomo fand das faszinierend und half Lisa beim Schmieren ihres Brötchens mit Nutella. Alle drei aßen mit Lust. Ich zeigte Ihnen, wie man Frühstückseier köpft. Lisa lachte und Giacomo versuchte es – ging gut.

Nach dem Frühstück räumten sie ihre Brettchen ab und stellten sie neben das Spülbecken, legten die benutzten Messer daneben. Die drei putzten sich die Zähne, zogen sich an und spielten im Kinderzimmer.

Am Samstagnachmittag fuhren wir allesamt zum nahen Einkaufsmarkt. Ausgerüstet mit einem Einkaufswagen und den drei Rabauken betrat ich den großen Einkaufsmarkt. Wir beratschlagten, was es heute und morgen zu essen geben sollte. Ich kaufte

Rostbratwürstchen und Minutenschnitzel, Kartoffeln, auch Rosenkohl, tiefgefrorenes Mischgemüse und viele andere Sachen. An der Eistheke blieben wir stehen und die Kinder konnten sich ein Paket gemischten Eises an der Stange aussuchen. An der Kasse gab es immer den Süßigkeitenbereich und jeder konnte sich eine Kleinigkeit nehmen. Ich bezahlte, sie genossen. Faire Arbeitsteilung. Innerlich musste ich über die drei lachen. Nach dem Eis reichte ich ihnen Taschentücher, um sich die Münder abzuwischen.

Den Einkauf luden wir am Wagen in große mitgebrachte Kunststoff- und Leinentaschen und packten alles in den Kofferraum. Zuhause trug ich alles hoch, verstaute den Einkauf in den Kühlschrank bzw. in den kleinen Vorratsraum. Nach dem Mittagessen fuhren wir zu einem großen Spielplatz, den mein Sohn und ich gelegentlich aufsuchten. Die beiden kannten den noch nicht und waren begeistert von den vielen Spielgeräten und den vielen Kinder. Ich hatte zwei Flaschen Wasser dabei und bunte Plastikbecher und kleingeschnittene Äpfel. Immer wieder kamen die Kinder zu mir und tranken etwas oder knabberten an den Äpfeln. Als Lisa einmal kam fragte ich sie: „Na, wie gefällt es dir hier?"

Sie strahlte über das ganze Gesicht und ehe ich es mich versah, drückte sie mich kurz und lief dann wieder weg. Eine Frau auf der Nachbarbank fragte mich, ob die drei meine Kinder wären. Ich zeigte auf meinen Sohn.

„Nur er, die anderen sind Nachbarskinder!"

Sie meinte nur dazu: „Schade, sie scheinen ein guter Vater zu sein."

Ich dankte ihr für das Kompliment und meinte: „Ich behandle die Kinder so, wie ich auch behandelt werden möchte."

Wir unterhielten uns noch über andere Themen. Sie berichtete von ihrer gescheiterten Ehe, den kleinen Kindern, den Schwierigkeiten als Alleinerziehende. Ich berichtete ihr von meiner gescheiterten Ehe. Wir tauschten später Telefonnummern aus.

Spät am Nachmittag lud ich die glücklichen Kinder wieder ein. Auf dem Heimweg meinte mein Sohn, dass er gerne dem Harry Potter Hörbuch lauschen würde.

Die drei lauschten gebannt den Abenteuern des jungen Zauberers, zu Hause legte ich die CD aus dem Auto in Noels Zimmer in den CD-Player, und sie konnten die Abenteuer von Harry Potter weiterverfolgen. Am Abend gab es das gleiche Ritual wie gestern: Die Kinder zogen sich um, putzen sich die Zähne und ich brachte sie zu Bett, indem ich den Jungs und Lisa noch eine kleine Geschichte erzählte. Dazu hockte ich mich neben ihre Betten und erzählte von Kapitän Nemo und seinem U-Boot Nautilus.

Mein Sohn schlief in seinem Bett und Giacomo daneben auf einer dicken dreiteiligen zusammenklappbaren Schaumstoffmatratze mit Schlafsack. Giacomo fand es super, als ich ihm sagte, dass Noel und ich die Absicht hätten, zu einem Campingplatz zu fahren und dort im Zelt zu übernachten. Dann würden wir Stockbrot am Lagerfeuer machen.

Ich sagte den beiden gute Nacht und ging hinaus, die Tür blieb einen Spalt offen. Ich hörte Giacomo sagen: „Schade, dass mein Vater nicht so ist wie deiner."

Ich klopfte an Lisas Zimmer, schaute noch einmal kurz hinein, wünschte ihr eine gute Nacht und zog mich dann zurück, setzte mich ins Wohnzimmer. Ich ließ den Fernseher aus und dachte darüber nach, was Giacomo gerade gesagt hatte.

Wenn man Vater wird, kann nur hoffen, seine Aufgabe gut zu machen, denn es gibt dafür keine Ausbildung, keine Anleitung. Ich wuchs ohne Vater auf und suchte mir Vorbilder in der Umgebung. Das, was mir gefiel übernahm ich, das andere ließ ich weg. Niemand ist perfekt, hatte mit meinem Sohn auch manche Diskussion und Auseinandersetzung, aber niemals mit Gewalt oder dass ich ihn erniedrigt hätte. Immer respektvoll. Das erwartete ich von ihm. Nicht nur, weil ich zufällig sein Vater war, sondern weil ich mich um ihn kümmerte, ihn versorgte und alles dafür tat, dass es ihm gut ging.

Goethe sagte einmal, dass Kinder zwei Dinge bräuchten: Wurzeln und Flügel. Er hatte so recht damit gehabt. Wer nicht weiß, wo er herkommt, wird auch nicht wissen, wo er hingehen soll. Ich versuche dein Buch zu lesen, konnte mich aber nicht konzentrieren, legte es beiseite und schaltete den Fernseher an.

Am nächsten Morgen war Sonntag und ich ließ die drei länger schlafen und kaufte beim Bäcker noch Brötchen, trank dort einen Kaffee. Als ich zurückkam, spielten die drei schon. Nachdem sie ausgiebig gefrühstückt hatten, wies ich ihnen kleine Aufgaben zu. Giacomo packte den Käse und die Wurst in den Kühlschrank und meinte beiläufig, dass bei ihnen nie so viel im Kühlschrank sei. Ich sagte nichts dazu und die drei räumten mit mir zusammen das Frühstück ab. Sie spielen später auf dem nahen Spielplatz, wo sie sich kennengelernt hatten. Sie waren vorausgegangen, ich folgte wenig später. Die drei hatten eine kleine Pyramide aufgehäuft und mit den kleinen Schaufeln festgedrückt.

Sie versuchten einen Tunnel durch die Pyramiden zu graben. Kurz dachte ich nach, dann nahm ich den Eimer meines Sohnes und legte ihn auf den Boden, mit der offenen Seite zu mir und packte nassen Sand um den Eimer, bis der Sand eine Dicke von 10 cm hatte. Langsam und vorsichtig drehte ich den Eimer und zog ihn langsam heraus und übrig blieb ein stabiler Bogen. Die Kinder staunten nicht schlecht, andere Kinder im Sandkasten wollten auch solche Tunnel haben. Später tobten die drei über den Spielplatz, stürmten die Häuschen und kletterten aufs Dach.

Die Mutter der Kinder meldete sich bei mir. Sie klang apathisch. Für sie wäre es klasse, wenn die beiden Kinder gegen 19.00 bei ihr wären. Gegen 17 Uhr sammelte ich die drei ein und wir gingen heim. Da machte ich belegte Brote mit Salami und Gurken für sie und schnitt die Brotscheiben in handliche Stücke. Gegen 19 Uhr brachte ich die Kinder nach Hause, wobei ich vorher noch einmal bei der Mutter anrief, um mich zu versichern, dass sie auch zu Hause sei. Die Mutter kam runter an die Haustür und entschuldigte sich wortreich dafür, dass sie mir ihre Kinder auf den Hals geschickt hätte. Ich meinte, dies sei selbstverständlich und außerdem hätten wir die beiden gerne bei uns.

„Das können wir gerne öfters so machen!", sagte ich ihr.

Sie war sichtlich verlegen. Hatte sie geweint? Nahm sie Drogen? Es war schwer, in ihrem Gesicht etwas abzulesen.

Falls ich Hilfe bräuchte, würde sie auch gerne helfen! meinte sie, lächelte verhalten. Ich dankte ihr dafür. Wir reichten uns die Hand, sie schob ihre Kinder in die Wohnung und schloss die Tür.

Giacomo und Lisa waren häufiger bei uns und manchmal brachte Giacomo auch Hausaufgaben mit, bei denen seine Mutter nicht helfen konnte. Es betraf vor allem Mathematik, Wir setzen uns dann an den Küchentisch und er machte die Hausaufgaben. Auch als Lisa eingeschult wurde, kamen die beiden öfters zu uns und spielten mit meinem Sohn, oft machten wir auch Hausaufgaben zusammen. Noel half dann Lisa. Auch mit der Mutter konnte ich mich öfters normal unterhalten. Wenn sie ihre Kinder bei mir abholte, setzten wir uns noch mal kurz an den Küchentisch und redeten. Es war sehr schwer für sie als alleinerziehende Mutter.

Noel wurde für das Gymnasium vorgesehen, die Mutter von Giacomo und Lisa wollte, dass ihre Kinder zur Realschule gehen sollten. Dort war sie auch gewesen und das würde für beide reichen, sagte sie mir einmal. Ich wies darauf hin, dass ihr Sohn sicherlich für das Gymnasium geeignet sei. Sie wollte es sich noch überlegen.

Giacomo und Lisa zeichneten gut, Giacomo war ein heller Kopf. Er begriff schnell und interessierte sich auch für das, was ich als Ingenieur machte. Der Kontakt mit der Mutter normalisierte sich immer mehr und es gelang mir, sie ab und zu dazu zu bewegen, ebenfalls auf den Kinderspielplatz zu kommen. Ich versuchte ein normales Gespräch mit ihr zu führen. Irgendwann saß sie ruhig neben mir, atmete tief durch, drehte sich zu mir und berichtete mir mit stockender Stimme, wie schlecht sie von ihrem Mann Gino behandelt worden war und er eines Tages seine Sachen gepackt hatte und nach Italien zurückgegangen war. Er bezahlte keinen Unterhalt, meldete sich nur selten bei den Kindern. Sie hatte schon monatelang nichts mehr von ihm gehört.

Es war schwer für sie als alleinerziehende Mutter, oft war sie überfordert. Wir unterhielten uns auch über finanzielle Dinge und ich bot ihr an, mal gemeinsam einzukaufen. Sie sagte nein, sie wolle keine Almosen.

„Das sind keine Almosen, das ist eine Investition in ihre Kinder!", meinte ich und sagte ihr, dass wir uns am Samstag treffen würden, sie und die Kinder, und dann würden wir gemeinsam Einkaufen fahren. Hinterher würden wir bei mir für alle was zu essen machen. Am nächsten Samstag holte ich die Kinder ab, die Mutter stand daneben und stieg nur zögernd ein. Wir fuhren zum Einkaufsmarkt, die Kinder organisierten zwei Einkaufswagen. Wir tauschten die Kids, Giacomo und Lisa gingen mit mir, Noel mit der Mutter der beiden. Ich wies Noel unauffällig an, die Sachen in den Wagen der Mutter zu packen, die er auch mochte.

Dabei bemerkte ich, dass die Mutter nur wenige Sachen in den Wagen packte. Ich fragte die Kinder, was sie heute gerne essen würden, und überredete die Mutter dazu, diese Sachen ebenfalls in den Wagen zu stellen. Sagte ihr, dass sie sich keine Sorgen machen müsste und dass ihr keinerlei Verpflichtung durch den gemeinsamen Einkauf entstehen würde. Es war einfach nur eine kleine Geste der Unterstützung. Sie sagte mir, dass sie uns zum Essen einladen würde, wenn sie wieder mehr Geld verdienen würde.

An der Kasse genierte sie sich, dass ich für beide Einkäufe bezahlte. Als Ingenieur verdiente die ich gutes Geld, wenngleich ich nicht genug für ein Haus hatte und ähnliche Dinge. Unterhalt, Miete und ein Kredit fraßen die Hälfte meines Nettolohnes auf. Nach dem Einkaufen fuhren wir zuerst zu ihr, damit sie die Einkäufe rasch in den Kühlschrank bringen konnte, dann zu uns. Wir alle aßen Pizza und Salat und ich merkte, wie die Mutter lockerer und innerlich „fester" wurde. Später fragten die Kinder bei der Mutter nach, ob sich hierbleiben könnten. Sie wies die beiden an, nicht sie, sondern mich zu fragen, weil dies meine Wohnung sei und nicht ihre. Ich nickte, die beiden blieben bei uns, während die Mutter nach Hause ging, Eine halbe Stunde später war sie wieder da und brachte zwei kleine Taschen mit einem Satz Wäsche und den Zahnputzutensilien. Sie ging, wir setzen uns an den Küchentisch und spielen Mensch-ärgere-dich-nicht. Allerdings mit der Variante, dass man auch rückwärts schlagen musste. Wer das vergaß, dessen Figur wurde sofort vom Spielfeld genommen. Wir lachten viel, es gab einige laute Ausrufe, wenn einer der Spielfiguren vom Feld genommen und wieder in den Wartebereich gesetzt wurde. Später schickte ich die Kinder ins Bett und machte es mir auf der Couch bequem. Die Wohnzimmertür wurde geöffnet, Giacomo erschien. Ob er mich sprechen könnte. Ich nickte und wies auf die Couch neben mich und schaltete den Fernseher aus. Er setzte sich.

Erwartungsvoll sah ich ihn an. Er drehte sich zu mir und sagte: „Vielen Dank, dass wir bei Dir übernachten dürfen."

Ich hatte den Kindern gesagt, dass sie mich duzen sollten. Das machte vieles leichter für sie. Etwas brannte ihm auf der Seele, ich ließ ihn gewähren.

„Ja, Giacomo, was hast du auf dem Herzen?", fragte ich ihn.

Er blickte mich an und sagte dann mit festem Ton: „Schade, dass mein Vater nicht so ist wie du!"

Ich erklärte ihm, dass alle Menschen gute und auch schlechte Seiten hätten.

„Dein Vater hat dich und deine Schwester bestimmt auch lieb!"

Er schüttelte mit dem Kopf.

„Unser Vater hat nicht mit uns gespielt. Er wollte auch immer seine Ruhe haben, war nicht gut zu unserer Mutter."

Ich blieb einfach sitzen, gab ihm den Raum, den er jetzt brauchte. Er berichtete noch von seinem Vater, der sie öfters aus dem Wohnzimmer geworfen hatte, wenn sie mit ihm spielen wollten.

„Du bist ganz anders!", sagte Giacomo, drückte mich unbeholfen und verließ das Wohnzimmer. An der Tür blieb er kurz stehen, drehte sich um. „Schade, dass du nicht unser Vater bist!"

Dann eilte er hinaus.

Ich blieb nachdenklich zurück. Häufig reflektierte ich mein Handeln und meine Gedanken. Ich bin vielleicht nicht der weltbeste Vater, aber ich gebe mir Mühe.

Am Morgen brachte ich wieder Brötchen für die Meute heim. Zu dritt aßen sie sehr gut, und ich bemerkte die gesunde Gesichtsfarbe in Giacomos und

Lisa Gesicht.

Wir verbrachten viel Zeit zusammen und ich half der Mutter, eine gut bezahlte Stelle zu bekommen, wo sie mehr verdiente. Sie brachte öfters die Kinder und holte sie wieder ab, dann tranken wir noch einen Kaffee. Sie wurde fröhlicher und offener, die beiden Kinder besuchten das Gymnasium. Die Mutter fand auch einen Partner, der sie und die Kinder gut behandelte.

Die drei spielten noch oft miteinander, machten bei uns zusammen Hausaufgaben.

Immer wieder ertappte ich mich dabei, dass ich an die Zeit zurückdachte, als wir die beiden kennengelernt hatten. Sie hatten sich stark verändert. Und ich war stolz auf den lockeren Umgang, den wir pflegten.

Die ganze Sache ist so viele Jahre her und noch heute kommen Giacomo und Lisa manchmal vorbei und wir setzen uns an den Küchentisch und reden wie früher. Sie nennen mich ihren Ziehvater. Giacomo studierte Maschinenbau und Lisa Kunstgeschichte. Mein Sohn wurde Lehrer an einem Gymnasium. Sie haben noch losen Kontakt untereinander.

Ich bin stolz auf alle drei.

Ein glücklicher Tag

In Renoirs Bild *Der Versuchsgarten von Algier* sieht man einen Garten, im Hintergrund ein Gebäude …

Der Reiter zügelte sein Pferd am Rand des Talkessels und sah hinab auf das weite Rund mit der Oase in der Mitte. Sein Blick glitt über die aufgereihten Obstbäume und das viele Grün der Wiesen. Ein großes, luftiges Gebäude überragte die Bäume. Nach den Tagen in der Wüste war das viele Grün Erholung für seine Augen. Er schloss sie für einen Moment und genoss die Stille. Dann öffnete er sie wieder und sah sich um.

Die Sonne wusch den Nebel von den Hängen.

Es würde ein heißer Tag werden.

Der Reiter folgte dem Weg hinab in die Oase bis zu einem freien Platz mit einer Tränke. Dort stieg er ab, band seinen Rappen an und ließ ihn trinken. Er nahm den Sattel ab, legte ihn auf einen nahen Zaunpfosten und rieb mit der Satteldecke sein Pferd trocken, die Satteldecke hängte er ebenfalls über den Zaun.

Ein Weg schlängelte sich zwischen den Bäumen in Richtung des Gebäudes, das die Bäume überragte. Es wurde wärmer, Zikaden und Grillen zirpten. Er nahm eine kleine Tasche mit langem Band vom Sattel, die er sich umhängte, und folgte dem Weg. Mit allen Sinnen genoss er den Duft der Obstbäume, den Geruch der Blumen, das klare helle Blau des Himmels, die warme Luft auf seiner Haut.

Der Weg endete an einem freien Platz vor dem großen Gebäude. Er ließ den Blick über die vielen Alkoven und weitgeschwungenen Bögen streifen, nahm alles in sich auf, sog tief die Luft ein.

Endlich wieder daheim! Es sah genauso aus wie vor zwei Jahren, als er hier mit dem Segen der Eltern losgezogen war. Er sah seine weinende Mutter auf den Stufen stehen, sie winkte ihm, der Vater stand daneben, hob die Hand zum Gruß. Damals war er losgeritten, hatte sich nicht mehr umgesehen. Wie mochte es ihnen gehen?

Die Treppe zum Haupteingang erklomm er mit wenigen Schritten. Die Türen standen offen, spürte einen kühlenden Luftzug. Er betrat das Foyer, beiderseits führten Treppen nach oben. Eine Frau lachte, und er eilte die rechte Treppe hinauf. Durch einen Bogen trat er auf die überdachte Terrasse, geschwungene Bögen trugen das Dach. Hier standen drei Frauen. Eine von ihnen erblickte ihn, legte die Hand vor den Mund. Die Frau, die mit dem Rücken zu ihm stand, drehte sich um. Ihre Augen wurden groß. Kurzer Augenblick des Innehaltens, dann stürmte sie auf den Neuankömmling zu.

„Jean, geliebter Jean! Endlich bist du zurück!"

Sie umarmte ihn und gab ihm Küsse auf die Wangen.

Jean lachte.

„Ja, Schwesterherz, ich bin zurück. Der Krieg ist aus, die Aufständischen haben sich ergeben. Wir haben endlich Frieden! Endlich, nach all den Jahren der Entbehrungen!"

Die anderen beiden Frauen kamen ebenfalls zu Jean, umarmten ihn, küssten seine Wangen.

„Mutter, oh Mutter, wie habe ich Euch vermisst!", sagte Jean und drückte sie.

Seine Mutter weinte, er musste sie trösten. Sie alle lachten und weinten.

„Das ist der schönste Tag in meinem Leben!", meinte seine Mutter unter Tränen und lachte gleichzeitig. „Endlich bist Du wieder da, mein Sohn! Und wohlbehalten!"

„Wo ist Vater?"

„Er ist in der Stadt, Einkäufe machen. Wir wussten nicht, dass Du heute kommen wirst!"

„Ich wollte Euch eine Überraschung bereiten, oh Mutter!"

„Das ist dir gelungen!"

Er wurde noch öfters gedrückt. Sie traten an den Rand der Terrasse und blickten über das weite grüne Tal.

„Wie ist es Euch ergangen? Wir haben in der Armee von Unruhen hier in der Gegend gehört, aber ich konnte nicht weg!"

„Es war nicht leicht mit der Farm, viele Männer wurden in die Armee eingezogen, andere verließen uns. Aber die Zeiten sind vorbei. Gott sei Dank!"

Seine Mutter drückte ihn eng an sich.

„Meine Gebete wurden erhört! Und jetzt bleibst Du bei uns, für immer, mein Sohn!"

„Nie wieder gehe ich weg!", meinte Jean. „Das verspreche ich euch allen! Nie wieder verlasse ich euch!""

Und die Liebe wärmte ihre Herzen.

Kaffeeklatsch

„Hast Du schon gehört? Die Meiers von gegenüber! Unglaublich! Und der Mann…"

Die beiden Frauen im Hausflur halten inne, als
ich herantrete und mich an ihnen vorbei ins Treppenhaus begebe. Kaum erreiche ich den ersten Trep-
penabsatz, als die beiden wieder mit Ihrer Tirade be-
ginnen.

„Ja, der Meier hat seine Frau geschlagen, ich
habe es gehört. Von Klara, die wohnt gleich ne-
benan. Die hat alles mitgekriegt. Und als Polizei und
Krankenwagen kamen soll er noch auf sie eingeprü-
gelt haben. Das Kind hat alles gesehen. Die Polizei
hat ihn gleich festgenommen."

Die Stimmen verfolgen mich auf dem Weg nach
oben. Ich bin froh, als ich endlich an meiner Wohnung ankomme. Rasch schließe ich auf, ziehe die Tür
hinter mir zu und der Stimmenschwall verebbt. Ich
ziehe im Flur die Schuhe aus, stelle meine Aktenta-
sche ab und wasche mir die Hände im Badezimmer.
Dann trete ich in die Küche, wo mich meine Frau
erwartet.

„Hast Du schon von den Meiers gegenüber gehört…"

Ich nicke, gehe ins Wohnzimmer und setze mich
in auf die Couch, dem Fernseher gegenüber.

Einschalten.

Meine Frau kommt hinterher, Kaffeetasse in der
Hand.

„Du hörst mir überhaupt nicht zu!", ruft sie.

Ich stelle den Fernseher lauter.

Ein Traum

„Die Erinnerungen sind lebendig, solange Du ihnen den Raum dazu lässt!" Der Spruch meiner Mutter kam mir wieder zu Bewusstsein, als ich die Halle betrat. Das andere Ende war im Dämmerlicht nur zu erahnen. Der Raum war mit Schaufensterpuppen vollgestopft, viele mit dünnen Decken oder Gazen bedeckt. Die meisten standen aufrecht da, die Hände erhoben, Haare fehlten. Einige Puppen hatten auch fehlende Gliedmaßen, standen auf einem Bein, hatten einen Arm oder keine. Ich stellte mich an die Seite hinter eine Säule. Sie alle schauten in Richtung des Einganges. Hier unter den hohen und breiten Doppeltüren stand ein Mann, kräftig, kurze dunkle Haare, flinke braune Augen. Er trug einen dunklen Trenchcoat, einen dunklen Hut. Er blieb unter der Tür stehen und schaute sich um.

Seine Augen suchten den Raum ab. Nach der Helligkeit im Gang hinter ihm brauchten seine Augen Zeit, sich an das Dämmerlicht vor ihm zu gewöhnen. Sein Blick glitt über die Schaufensterpuppen. Langsam betrat er die Halle und näherte sich den Puppen. Vor der ersten Reihe blieb er stehen und betrachtete sie. Behutsam schob er sich durch die Puppen.

Von irgendwoher wehte ein Hauch durch den Raum. Ihm fröstelte und er drehte sich um.

„Mörder!", flüsterte eine Stimme.

„Mörder! Mörder!", geflüsterte Stimmen.

Der Mann wandte sich in die Richtungen, aus denen die Stimmen erklungen waren.

„Mörder! Mörder! Mörder!", echote es leise durch den Raum.

Der Mann bahnte sich seinen Weg durch die Schaufensterpuppen. Gesichter kamen heran, Hände schienen nach ihm zu greifen. Er blickte in die Gesichter. Die Augen schienen zu leben. Hände griffen nach ihm. Er schlug wild um sich, schrie, trat gegen die Puppen.

„Mörder! Mörder! Mörder!", wisperte es überall.

„Du hast uns alle umgebracht! Mörder!"

Die Puppen waren lebendig und bedrängten ihn. Er fiel zu Boden, die Puppen auf ihn, Gesichter, nahe...

Schreiend erwachte er. Er schwang die Beine von der Pritsche und blieb zusammengesunken sitzen, verbarg den Kopf in den Händen. Er atmete schwer, wurde nur langsam ruhiger.

Er sah nach links und stand auf, trat an das Waschbecken und trank Wasser. Er füllte den Becher zweimal und trank. Den dritten ließ er über seinen Kopf fließen, den er über das Waschbecken hielt. Den Becher stellte er neben dem Wasserhahn ab und schaute in den Metallspiegel über dem Waschbecken. Er hielt sein Gesicht näher an den Spiegel und sah sich in die Augen.

So blieb er länger stehen.

Später brachten Sie ihm das Essen. Schon lange hatte er kein Rührei mit Schinken, Pancakes, Marmelade und Erdnussbutter gehabt. Er aß mit Genuss. Er aß alles auf und genoss die Schwere in seinem Körper. Mit geschlossenen Augen genoss er den Nachgeschmack des leckeren Essens. Als das Essen abgeräumt wurde, sah der Mann hoch über der Tür auf die Uhr. Noch eine Stunde...

Sie kamen pünktlich. Fünf Mann. Der Direktor, ein Priester und drei Wächter. Sie schlossen die Tür auf. Er stand auf und trat an die Tür. Sie legten ihm Hand- und Fußschellen an und geleiteten ihn nach links. Ein Ausbrechen hätte nicht funktioniert. Links und rechts waren nach wenigen Metern Gitter, die er nicht durchdringen konnte, die Türen wurden aus der Zentrale gesteuert.

Sie brachten ihn den Flur entlang, warteten an zwei Türen, bis sie entsichert wurden. Am Ende war ein weißer Raum, in dem er schon die Liege mit den starken Bändern sehen konnte. Sie nahmen ihm die Hand- und Fußschellen ab und er legte sich auf die Liege. Mit starken Lederbändern wurden seine Glieder auf der Liege festgeschnallt. Er konnte sich nicht bewegen, nur den Kopf konnte er noch drehen. Ein Mann in weißem Kittel trat hinzu, holte aus einem kleinen Loch in der Wand hinter dem Kopfende der Liege zwei Schläuche samt Nadeln. Er legte die Nadeln auf der Brust des Delinquenten ab. Dann stach er die eine Nadel in die linke Armbeuge und die andere in die rechte Armbeuge. Er nickte dem Direktor zu und ging wieder.

Der Gefängnisdirektor stellte sich an das Kopfende der Liege und sah auf den Delinquenten hinab. Dann zog der Direktor ein Mikrophon zum Delinquenten hinunter.

„Gefangener John Arthur Miller, Nummer 829002. Sie wurden wegen 18-fachen Mordes zum Tode verurteilt. Das Urteil wird heute im Gefängnis von Huntsville an Ihnen vollstreckt. Haben Sie noch etwas zu sagen!"

Miller räusperte sich.

„Ich…" begann er. „Ich möchte nur sagen, dass es mir leidtut. Die 14 Jahre in der Todeszelle haben mich gewandelt. Ich bin nicht mehr der Typ, der diese Verbrechen begangen hat. Ich habe mich geändert. Ich möchte mich bei den Opfern und ihren Familien entschuldigen!"

Der Direktor nickte und schob das Mikrophon wieder nach oben.

„Gemäß den Bestimmungen des Staates Texas haben wir ihre Familie und die Familien der Opfer über diesen Termin benachrichtigt. Beide können jetzt der Zeremonie beiwohnen!"

Der Direktor trat an die eine Seite des Raumes, die mit einem Vorhang verdeckt war.

„Hier sind Ihre Angehörigen!", sagte er zu Miller.

Dann zog er den Vorhang beiseite.

Die Stühle waren leer.

Der Gefängnisdirektor trat an die andere ebenfalls verhangene Seite des Raumes.

„Und hier die Familien der Opfer!" und zog den Vorhang beiseite.

Etwa zwanzig Schaufensterpuppen standen dort. Ihre Augen schienen ihn anzustarren.

Miller begann zu schreien.

Der Direktor nickte zu einem Fenster. Darunter befand sich die Öffnung, aus der die durchsichtigen Schläuche bis zu den Armen des Delinquenten führten.

Während Miller noch schrie, konnte der Direktor sehen, wie sich die Flüssigkeit durch die durchsichtigen Schläuche schob und in den Armen Millers verschwand. Seine Schreie wurden schwächer.

Onkel Peter

Als ich klein war, starb Onkel Peter. Meine Eltern brachten mir irgendwann bei, dass er gestorben sei und dass er in seinem Haus aufgebahrt werden sollte.

„Was heißt aufgebahrt?", fragte ich

Wir saßen am Küchentisch. Vater hob den Kopf und sah mich an.

„Es ist Sitte, dass man den Toten noch einige Zeit zu Hause aufgebahrt liegen lässt, damit sich die Familie von ihm verabschieden kann".

Und lächelnd sagte er, dass es dazu auch dienen würde, dass vermeintlich Tote, die nur eine Schockstarre eingenommen hatten, wieder ins Leben zurückkehren konnten. Manchmal sind nämlich noch einigen Tagen, Tote wieder aufgewacht und erhoben sich von ihrer Liegestätte.

„Du kannst Dir die Überraschung der Familie sicherlich gut vorstellen. Denkst du der Mensch ist tot und schwuppdiwupp steht der zwei Tage später vor dir in der Küche."

Ich schaute ihn verwirrt an, blickte aber sicherheitshalber über meine Schulter. Da war niemand.

„Kann ich Onkel Peter sehen?", fragte ich.

Mein Vater sah die Mutter an, diese zuckte mit den Achseln. Wir zogen uns an und fuhren zum Hause von Onkel Peter. Seine Frau war vor Jahren gestorben, Nachbarsfrauen hielten Totenwache. Wir hatten das Haus durch den Hintereingang betreten, wo uns die Frauen nicht sehen konnten. Ich hörte noch die eine lachen. Als wir die Küche betraten, verstarb das Gespräch und die 3 Frauen setzen ihre Trauergesichter wieder auf, so als trügen sie Masken. Eine Frau bot uns Kaffee an, was meine Eltern kopfschüttelnd verneinten. Eine zweite bot mir Kekse an, doch mir war nicht nach Keksen zumute und so lehnte ich dankend ab. Die dritte und jüngste erhob sich, ging an meinen Eltern vorbei in den Flur und öffnete die Tür zum Nachbarraum, dessen Fenster abgedunkelt waren und der von Kerzen in hohen Kandelabern erhellt wurde. Onkel Peter war ein großer stattlicher Mann gewesen mit klaren blauen Augen, großen Händen, einer großen Nase. Jetzt wo er ausgestreckt lag, schien er stark geschrumpft zu sein. Er trug einen schwarzen Anzug und ein weißes Hemd. Seine Hände lagen gefaltet über seiner Brust. Die junge Frau blieb am Fußende des Toten stehen. Meine Eltern traten heran und berührten vorsichtig seine Stirn. Onkel Peter schien zu schlafen. Wenn ich zu Besuch kam, lag er oft auf der Couch und schnarchte laut. Aufgewacht stemmte er seinen Oberkörper hoch, steckte die Füße in die bereitstehenden Sandalen und stand auf. Schon glaubte ich, er würde auch jetzt die Augen aufschlagen, mich anlächeln und sich von seiner Liegestatt aufschwingen. Aber Onkel Peter bewegte sich nicht. Meine Eltern hatten sich beim Betreten des Raumes bekreuzigt. Sie standen links und rechts neben Onkel Peter und betrachteten das Gesicht. Mir war am Onkel Peter immer seine Nase aufgefallen. Auf der linken Seite musste er früher eine Beule oder so etwas gehabt haben, die später eine fast kreisrunde Vertiefung von der Größe einer kleinen Münze hinterlassen hatte. Die Vertiefung war mit einem komplexen Muster gefüllt. In der Schule hatten wir vor kurzem das menschliche Gehirn im Unterricht durchgenommen und der Lehrer hatte uns Aufnahmen des Gehirns gezeigt und diese Stelle an Opas Nase erinnerte mich immer an ein Stück Gehirn.

Meine Eltern wandten sich nach Minuten zur Tür. Ich blieb stehen. Beide sahen mich an.

„Kann ich noch kurz bleiben?", fragte ich.

Sie sahen sich an, Mutter nickte.

„Komm aber gleich. Wir müssen wieder los!"

Ich blieb zurück an Onkel Peters niedriger Liegestätte stehen und sah in sein Gesicht. Aus einer Laune heraus berührte ich seine Wangen mit der linken Hand und strich mit dem mit dem Zeigefinger über seine Nase. Ich fühlte die Vertiefung. Wenn der Onkel mit mir sprach, fokussierte ich oft mein Blick auf die Vertiefung in seiner Nase und ich fragte mich dann, wie es wäre, diese anzufassen. Jetzt hatte ich die Gelegenheit und ich ließ den Finger in dieser Vertiefung. Ich weiß bis heute nicht, warum und was mich dazu antrieb, aber ich beugte mich hinab und berührte mit meiner Zungenspitze die Vertiefung. Die Haut war kalt und ich spürte unter der Zungenspitze die Vertiefung.

Ich spürte, dass jemand die Tür öffnete, zog die Zunge zurück und tat so, als würde ich ihm einen Kuss auf die Wange geben. Es war die junge Frau mit meiner Mutter, die nach mir sehen wollte.

„Wir wollen gehen!", sagte sie.

Ich erhob mich und verließ den Raum. Bevor wir gingen, wuschen wir uns die Hände im Badezimmer gründlich ab. In der Küche nahm ich mir einen Keks vom Teller. Trotz des Kekses spürte ich noch die Vertiefungen unter der Zungenspitze. Auf dem Rückweg wandte sich meine Mutter zu mir herum.

„Ich finde es sehr gut, dass du dich von Onkel Peter verabschiedet hast. Es ist gut, sich von Menschen zu verabschieden, die man liebt und die einem nahestehen. So kann man das Kapitel abschließen."

Mein Vater blickte kurz in den Rückspiegel, fing meinen Blick auf.

„Als ich klein war, als ich klein war", sagte mein Vater, „starb mein Opa. Meine Eltern haben mir damals nicht erlaubt, von ihm Abschied zu nehmen. Das machte mich traurig. Damals habe ich mir geschworen, sollte ich Kinder haben, so würden sie sich von den geliebten Menschen verabschieden können. Der Tod gehört nun mal zum Leben dazu mein Sohn".

Mein Vater sprach normalerweise nicht so viel.

„Was passiert, wenn wir gestorben sind, Papa?", fragte ich ihn. Er sah wieder in den Rückspiegel und sah mir kurz direkt in die Augen.

„Das ist eine sehr gute Frage, mein Sohn."

Kurze Pause.

„Darüber streiten sich die Gelehrten seit Anbeginn der Menschheit. Leider ist bisher niemand zurückgekehrt und hat uns sagen können, ob es so etwas wie Himmel oder Hölle überhaupt gibt. Die Religionen haben sich Orte erschaffen, wo die guten Menschen und die schlechten Menschen hinkommen. In den verschiedenen Religionen wird es anders erzählt. Was habt ihr davon schon in der Schule durchgenommen?"

„Wir haben im Unterricht über Himmel und Hölle gesprochen und was man tun muss oder nicht tun muss, um dorthin zu kommen!"

Mein Vater schien unschlüssig zu sein, was er sahen sollte und schwieg, sah die Mutter an. Die Mutter drehte sich auch zu mir um meinte: „Wohin man hingeht oder auch nicht hingeht, ist nicht wichtig. Wichtig ist nur, dass man sich der Menschen erinnert, die einem nahe stehen. Nur das allein zählt!"

Sie drehte sich nach vorne.

Ich nahm mein Lesebuch wieder auf, das neben mir auf dem Sitz gelegen hatte und begann darin zu blättern.

Unter der Zungenspitze spürte ich noch immer die Vertiefung auf Onkel Peters Nase.

Erinnerungen

Der alte Schriftsteller saß am Schreibtisch und sah auf seine Schreibmaschine hinab. Er legte seine Brille beiseite und beugte sich hinab auf das Papier, um besser lesen zu können. Wütend riss er das Papier aus der Maschine und warf es in den Korb neben sich. Er hatte die Arme erhoben, als würde er gegen jemanden oder etwas kämpfen. Langsam beruhigte er sich wieder und begann zwei Seiten in die Maschine zu fädeln, Kohlepapier dazwischen.

Es war heiß geworden und hier im Zimmer war es angenehm kühl. Der Deckenventilator arbeitete und er genoss das Gefühl der Luft auf seinem Körper. Nachdem er das Papier eingefädelt hatte, richtete er es aus. Bereit zur Aufnahme von Worten und ganzen Gedanken. Der alte Mann zögerte, dann erhob er sich, setzte seine Brille wieder auf und trat an das weit geöffnete Balkonfenster. Die leichten Gazevorhänge blähten sich im Windzug. Er trat hinaus auf den Balkon und ließ seinen Blick über die Stadt schweifen, die unter ihm an der breiten Flussmündung lag. Schiffe legten an, löschten ihre Waren oder nahmen neue Waren auf. Die Kräne am Kai arbeiteten unablässig. Er liebte diesen Blick, schien er ihm von der Ferne zu berichten, in die diese Schiffe später aufbrechen würden.

Er stellte sich an das Geländer, lehnte sich darauf und blickte auf die Straße unterhalb. Karren mit Obst wurden geschoben, Radfahrer, Fußgänger. Ein Auto hupte und die Menschen machten ihm Platz. Er war noch in einer Zeit aufgewachsen, in der es keine Autos hier gegeben hatte, nur Fuhrwerke. Damals waren die reichen Großgrundbesitzer und Kaufleute stolz auf ihren Pferden durch die wenigen Straßen der Stadt geritten. Sie hatten voreinander den Hut gezogen und sich angeregt auf den Pferden unterhalten. Das waren noch Zeiten gewesen.

Jetzt war alles anders. Maschinen überall.

Autos, die neuen Krane am Kai, Lastwagen mit Waren. `Die Menschen haben ihre Seele verloren!´ sagte er immer wieder. Er musterte das geschäftige Treiben. Auch hübsche Frauen waren darunter, Mestizinnen oder *morenas*. Sie trugen bunte Kleidung und balancierten Körbe auf ihren Köpfen. Sie bewegten sich anmutig zwischen all den Menschen, brachten Nahrungsmittel nachhause oder erledigten Botengänge für ihre Herren.

Jetzt am Vormittag blies auch ein ablandiger Wind von den Bergen hinter der Stadt Richtung Meer. Die Fahnen vor dem Rathaus, weiter unten an der breiten Straße, blähten sich. Der Geruch von Blumen aus dem kleinen Park gegenüber drang zu ihm. Für einen Moment schloss er die Augen, atmete tief ein, genoss den Geruch nach Rosen, Lilien und anderer Blumen.

Wie lange er so gestanden hatte, wusste er nicht. Eine sanfte Stimme hinter ihm ließ ihn die Augen öffnen, das Geländer loslassen und sich langsam umdrehen. Ein junger Mann stand dort, adrett gekleidet, heller Anzug, dunkle schmale Krawatte. Seine dunklen Haare waren kurz, in dem markanten Gesicht leuchteten die hellen Augen.

„Ja, Javier?", fragte der alte Mann.

„Wir haben die Antwort aus Santiago erhalten, Senor Martinez. Endlich! Die Nationalbibliothek wird ihren gesamten Nachlass in deren Bestand übernehmen. Dafür erhalten Sie zu Lebzeiten eine recht ansehnliche Rente. Mehr als ausreichend für ein sorgenfreies Leben!"

Der junge Mann überreichte ihm ein Telegramm. Der alte Mann besah es sich und nickte. Er gab es Javier zurück, der es sofort einsteckte.

„Schon witzig, Javier, dass man erst sterben muss, um wirklich berühmt zu werden!"

Er lachte leise.

Javier lächelte ihn an und trat zurück in den Raum. Senor Martinez folgte ihm. Senior Martinez setzte sich wieder an den Schreibtisch

Er wandte sich an Javier.

„Weißt Du, Javier, ich habe zwanzig Bücher geschrieben, und alle sind in die Nationalbibliothek aufgenommen worden. Heute lesen Schulkinder meine Geschichten. Alle glauben mich zu kennen, den Nationalhelden und Autor, aber in Wirklichkeit kennt mich niemand. Und weißt Du warum? Weil ich gar nicht der bin, der ich zu sein vorgebe!"

Javier hatte aufgehört zu lächeln und sah ihn ungläubig an.

„Wie meinen Sie das, Senor Martinez?"

Martinez nickte und wies Javier an, sich zu setzen.

„Ich werde Dir nun mein wirkliches Leben erzählen, so wie es wirklich war und nicht so, wie Du es gehört hast."

Javier holte aus seiner Jacke ein Notizbuch und Stift.

Martinez hob die Hand.

„Ich habe schon alles niedergeschrieben. Das Manuskript ist hier in der oberen rechten Schublade des Tisches." Er wies auf den Tisch und wandte sich wieder an Javier.

„Ja, ich wurde am 9. März 1894 geboren. Das haben mir meine Eltern immer bestätigt. Und ich hatte keine Zweifel daran. Jetzt bin ich über sechzig, und ich weiß die Wahrheit. Ich habe sie vor langer Zeit herausgefunden. Meine Eltern hatten Nachbarn, die bei einem Erdrutsch umkamen. Die Lawine begrub ihr Haus unter sich und nicht das unsere. Kismet nennen das die Inder. Oder Karma. Schicksal. Absicht? Vielleicht! Auf alle Fälle hatte die Frau mich vorher zu den Nachbarn gebracht – meinen Eltern. Und da meine Mutter wenige Wochen zuvor eine Fehlgeburt hatte und der Arzt ihr mitgeteilt hatte, dass sie wohl nie wieder würde Kinder bekommen können, behielt sie mich bei sich. Sie sagte, dass ich ihr Kind sei. Das war die erste Lüge in meinem Leben. Und vielleicht die wichtigste. Es beraubte mich meiner Herkunft, meiner Familie, ich wurde staatenlos, ohne jemals in einem gelebt zu haben. Meine Nachbarn hatten keine engeren Verwandten gehabt. Meine Mutter gab mich immer als ihr eigenes Kind aus. Der Erdrutsch hatte das Nachbarhaus mehr als 100 Meter über die Kante hinabgerissen in die Tiefe. Da war nichts mehr zu machen. Einige Zeit später hatten meine Eltern neue Nachbarn."

Senor Martinez hielt kurz inne. Er nahm einen Schluck aus dem Weinglas neben ihm und schenkte aus der Karaffe nach. Er bemerkte Javiers Blick und sagte, die Karaffe noch in der Hand: „Die war ein Geschenk des Gouverneurs, als Dank für meine Geschichten, die unseren Landesteil weit über die Grenzen des Landes berühmt gemacht hatten! Wo war ich stehengeblieben. Ach ja, dem Erdrutsch und den neuen Nachbarn. Die neuen Nachbarn festigten den Untergrund und bauten das Haus wieder auf. Ich spielte mit ihren Kindern und kam immer nachhause, wenn meine Mutter mich rief.

So vergingen die Jahre. Ich lernte von den anderen Kindern auf der Straße zu kämpfen und zu lügen, um all die Kleinigkeiten zu bekommen, die das Leben begehrenswert machten. Den kleineren Kindern stahl ich die Schokolade oder Spielsachen. Ich sah immer unschuldig aus, viele Leute glaubten oder verziehen mir, wenn sie mich erwischten.

In der Schule malte ich gerne, die Lehrer erkannten mein Talent und ermunterten mich. Dann begann ich auch zu schreiben und ich fand, dass ich recht gut darin war.

In der Klasse war ein Junge, der neben mir saß. Carlos. Ich las einige seiner Sachen, die er geschrieben hatte und stellte fest, dass sie besser waren als meine. Ich kaufte ihm die Seiten in seinen Heften ab, gab ihm Murmeln und buntes Glas dafür. Zuhause schrieb ich die Geschichten ab, veränderte ein wenig, damit es mehr nach mir klang, und gab sie ab. Die Lehrerin lobte mich und las eine meiner Geschichten über einen wild gewordenen Hahn vor, dessen Geschichte heute alle als „Der rote Kamm" kennen. Als Carlos behauptete, dass es seine war, schimpfte sie mit ihm und sagte ihm, dass er lügen würde. Carlos verkaufte mir keine Geschichte mehr. Die Lehrerin las seine vor, und die waren viel besser als meine.

Ich war richtig sauer auf ihn und eines Tages, als wir am Morgen zur Schule gingen, schlug ich ihn mit einem Knüppel nieder. Er fiel ins Koma, aus dem er erst nach einem halben Jahr erwachte. Danach war er nicht mehr der Alte. Er stotterte beim Sprechen, Schreiben fiel ihm schwer. Er hatte auch nicht sagen können, wer ihn niedergeschlagen hatte.

Ich tat so, als würde ich sein Freund sein. Dabei war ich doch nur bei ihm, damit er mich nicht verriet. Später kam ich als junger Mann mit gerade 14 Jahren zu einer Zeitung in die Ausbildung, weil ich meinen Eltern in den Ohren gelegen hatte, dass ich unbedingt Journalist werden wollte. Meine Mutter war eines Tages in die nächste Stadt gefahren und hatte mit einigen Leuten gesprochen. Wenig später saß ich im Zug mit ihr und sie fuhr mit mir in die Stadt. Wir gingen vom Bahnhof durch die Stadt, die für mich gewaltig schien. Aufgewachsen auf dem Dorf war die Straße für mich unglaublich breit, die Häuser unglaublich hoch und massiv, so ganz anders als die Häuser bei uns.

Ich werde nie vergessen, wie ich die breite Treppe nach oben ging und hinter der Tür ein unruhiger Ort war, angefüllt mit Telefonklingeln, dem Rattern der Schreibmaschinen, wilden Stimmen und Anweisungen, die durch den Raum gerufen wurden.

Die Redaktion.

Meine Mutter führte mich zielsicher durch den Raum zu einem Büro mit offener Glastür. Senor Gavin außen auf der Tür. Sie blieb kurz an der Tür stehen, klopfte an den Türrahmen und blieb stehen. Senor Gavin war ein kräftiger Mann, Schnurrbart und wenigen Haaren auf dem Kopf. Er hatte dunkle klare Augen hinter einer runden Brille. Er stand auf, als wir eintraten. Er kam uns entgegen, schüttelte meiner Mutter und mir die Hand. Wir nahmen Platz und er berichtete von der Zeitung und meinen zukünftigen Aufgaben. Ob ich mir das zutrauen würde – ich nickte pflichtbewusst. Was sollte darin schon schwer sein, den Journalisten zur Hand zu gehen, sie zu begleiten, für die die Taschen zu tragen und notfalls einige Texte zu tippen. Ein kurzes Gespräch. Meine Mutter und ich gingen wieder hinaus.

Sie führte mich durch die Straßen zum Haus eines Onkels, bei dem ich wohnen sollte. Er war ein dicker Mann, kaum Haare auf dem Kopf, ein gewaltiger Schnurrbart über gelben Zähnen. Das ganze Haus roch nach Schnaps und billigen Zigaretten. Er begrüßte meine Mutter herzlich, drückte mich und ich roch den alten Schweiß unter seinen Armen.

Er führte uns hinein und wir setzten und in der Küche hin. Onkel Pedro war unverheiratet, eine Putzfrau kam zweimal die Woche und wusch alles ab, reinigte die Räume. Das erklärte das aufgestapelte Geschirr am Spülbecken. Nach kurzem Gespräch zeigte er uns oben die Kammer, in der ich schlafen sollte. Bett, Schrank, Tisch und Stuhl vor einem schmutzigen Fenster. Wir stellten meinen Koffer hinein. Dann verließ uns die Mutter. Wir saßen am Küchentisch und aßen Brot und Wurst. Später ging ich ins Bett.

Früh am nächsten Morgen weckte mich der Onkel. Er stank schon nach billigem Alkohol, als er an die Tür klopfte und den Kopf hineinsteckte, um mich zu wecken. Wenig später war ich gewaschen und hatte auch Zähne geputzt und war auf dem Weg zur Redaktion. Dort drückte man mir einen Mob in die Hand und ich wischte für die nächsten Stunden die Böden der Redaktion. Später schickte mich Senor Gavin zum Postamt, wo ich Briefe abgeben und welche abholen sollte. Ich kannte den Weg nicht, fragte mich durch, kam spät dahin und erledigte meine Arbeiten pflichtgemäß. Etwas an dem ganzen Chaos, dem Lärm der vielen Schreibmaschinen und den Telefonaten hatte mich gereizt und so versuchte ich viel mitzunehmen. Gavin schickte mich mit einem Lokalreporter los, für den ich schwere Taschen trug. Wir besuchten Stierkämpfe, Polizeieinsätze, Orte von Verbrechen und andere Örtlichkeiten auf. Überall war etwas los. Der Lokalreporter, Senor Alvarez, war betrunken und er fuhr sehr schnell. Ich hatte Angst, dass er einen Unfall bauen würde und saß auf der Rückbank. Er lachte über mich und konnte gerade noch einem Viehhirten mit seinem Wagen auf der engen Straße ausweichen.

Wir besuchten eine Polizeistation in einer kleinen nahen Ortschaft, wo ein Bauer mit einer Axt seine ganze Familie umgebracht hatte. Senor Alvarez befragte die Polizisten und durfte sich auch den Tatort anschauen, wo er Fotos schoss. Die Leichen waren noch da. Als ich die eingeschlagenen Köpfe der Kinder sah, wurde mir schlecht und ich konnte gerade noch rauslaufen, bevor ich mich übergab. Alvarez lachte darüber. Er trat einfach über die Körper hinweg, schoss Fotos und ging hinaus.

„Du darfst das nicht an dich heranlassen, wenn Du in dem Beruf erfolgreich sein willst!", sagte er zu mir später im Auto. „Bei meinem ersten Toten habe ich auch gekotzt, jetzt könnte ich ein Butterbrot neben einer toten Familie essen. Du musst einfach stark sein, Kleiner!"

Er nannte mich Kleiner, wie die meisten anderen auch. Nur wenige verwendeten meinen richtigen

Vornamen Pedro. Senor Gavin nannte mich nur so, wenn er sauer war, wenn ich seinen Kaffee zu spät brachte oder ich andere Dinge nicht so schnell und in der Weise erledigte, wie er wollte.

Die kleine Redaktion beschäftigte sechs Reporter, die sich um die Bereiche Neuigkeiten, Sport und Vermischtes kümmerten. Senor Alvarez war mit dem Resort Vermischtes betraut und kümmerte sich um alles Mögliche, er schrieb auch die besten Texte fand ich. Die anderen schrieben langsam und weitschweifig. Er war kurz und knapp. Sehr gut. Er zeigte mir viele seiner alten Texte. In dem Archiv stöberte ich stundenlang und nahm die alten Zeitungen in die Hand, betrachtete die alten Fotos und die alten Gesichter. Viele der abgebildeten Menschen waren jetzt 20 Jahre älter, viele waren auch schon tot. Ich betrachtete Fotos von Indios, durch die Regierungstruppen erschossen und danach öffentlich ausgestellt, Brände, weitere Tote, Feiern und Feste. Eine große Bandbreite.

Anderthalb Jahre begleitete ich die Reporter. Langsam begann ich auch kürzere Texte zu tippen, dauerte ewig. Senor Alvarez zeigte mir die richtige Fingerhaltung beim Tippen. Langsam wurde es besser.

Mit meinem Onkel zu leben war eine Zumutung. Ständig betrunken kotzte er öfters auch neben die Toilette und machte es nicht weg. Ich bemühte mich daher, nur auf der Redaktion auf die Toilette zu gehen, das wurde täglich nach Feierabend von einer Indiofrau gereinigt.

Zuhause schloss ich mich in meinem Zimmer ein, tippte auf einer alten Schreibmaschine eigene Texte. Versuchte die Texte von Senor Alvarez und einiger anderer nachzuahmen, deren Rhythmus, Wortwahl, die Länge und Abfolge. Geschichten fielen mir ein, ich schrieb einige auf.

Als ich sechzehn wurde, kam Senor Gavin auf die

Idee, einen Schreibwettbewerb für Nachwuchsautoren zu veranstalten. Mich wählte er aus, die eingehenden Texte durchzusehen und für die Endauswahl auszuwählen. Einige Texte fand ich richtig gut, legte sie Gavin vor, darunter auch zwei meiner eigenen Texte. Er überflog die Texte und legte meine und die anderen bis auf drei beiseite.

„Die anderen sind schlecht geschrieben. Die hier sind gut. Die behalten wir erst einmal. Warten wir ab, ob noch weitere kommen!"

Ich wusste jetzt, was gewünscht war.

Weitere Texte kamen rein. Für die abgelehnten schickten wir einen Brief mit einer kleinen kopierten Nachricht zurück, dass wir es bedauern, dass wir ihren Text jetzt nicht berücksichtigen können, aber wir wünschen dem Autor alles Gute für die weitere Zukunft. Einer der Texte hatte es mir angetan. Ich hatte ihn in der Redaktion entgegengenommen und durchgesehen. Sofort faszinierte mich die Geschichte von der indigenen Familie, die mitten im Dschungel lebte und vor den herankommenden Siedlern tiefer in den Dschungel zog, dabei allerlei Abenteuer mit wilden Tieren und Siedlern erlebte. Die Summe für den Seiger betrug so viel wie mein halbes Jahresgehalt als Laufbursche für die Redaktion. Den Text nahm ich mit nachhause und tippte ihn neu, neuen Titel, setzte meinen Namen darüber, änderte die Namen der Handelnden und kürzte den Text.

Diesen Text reichte ich ein, schickte dem wahren Absender die Absagekarte. Mein Text wurde in die enge Auswahl genommen und Senor Gavin wollte mich zuerst aus dem Wettbewerb ausschließen, weil ich bei ihnen arbeitete, aber Senor Alvarez setzte sich für mich ein und so wurde der Text mit in die Auswahl einbezogen. Der Text gewann. Er wurde auf den Seiten drei und vier abgedruckt. Das Geld und eine kleine Urkunde überreichte mir Senor Alvarez persönlich.

Der Autor des ursprünglichen Textes meldete sich auch nicht mehr.

In den kommenden Jahren führte die Redaktion ähnliche Wettbewerbe durch. Wieder fischte ich mir gute Texte heraus, schrieb einen um, ließ ihn in die Wertung kommen. Auch wenn ich nicht unbedingt gewann, so wurden die Texte anerkannt und ich bekam dann den 2. oder 3. Preis ausgehändigt, meistens Geld. So konnte ich gut leben. Durch das Schreiben anderer war ich zu etwas Geld gekommen. Das gefiel mir. Immer wieder schickten Leute Geschichten und Gedichte an die Zeitung, einige wurden gedruckt, andere nicht. Manche schickten ganze Romane, die ich mir pflichtbewusst durchlas und den Absendern anschließend Absagen schickte.

Wenn mir einer gefiel schrieb ich ihn um, änderte Namen, Zusammenhänge, kürzte oft den Text oder fügte Handlungen und Personen hinzu. Es war eine einfache Sache. Schickte die Romane dann an Verlage in der Hauptstadt. Manchen gefielen sie, einer veröffentlichte einen Roman von mir. Da war ich gerade 19 geworden.

Senor Gavin rief mich eines Tages in sein Büro, wo er mir eröffnete, dass ich seiner Meinung nach besser in die Hauptstadt gehen und dort mein Glück versuchen sollte. Talent hätte ich, die veröffentlichten Texte würden es zeigen.

Meine Mutter war damit einverstanden, was sollte sie auch anderes tun. Ich fuhr in die Hauptstadt, mit meinem Koffer und meiner Schreibmaschine. Dort angekommen suchte ich die mir genannte Redaktion auf, stellte mich dem Redakteur vom Dienst vor und fing bei ihnen an.

Das Schreiben betrieb ich nebenbei. Abends, in meinem kleinen Zimmer neben den Bahngleisen. Das war das Billigste gewesen, was ich bekommen konnte. Geld verdiente ich nicht viel. Es reichte für die Miete, die Farbbänder der Maschine, etwas zu essen. Hin und wieder ein Bier in einer der nahen Kneipen. Mehr nicht. Manchmal schickte ich der Mutter etwas Geld.

Auch in dieser Redaktion wurden Texte veröffentlicht. Mit dem Hinweis auf meine frühere Tätigkeit übertrug man mir auch hier die Prüfung der eingegangenen Texte. Manches fand ich gut, legte es beiseite, das meiste war furchtbar. Der Chefredakteur übertrug mir die Rubrik mit der Literatur und ich füllte die Rolle gut aus, suchte Lesungen auf, unterhielt mich mit Autoren und sichtete Texte. Meine Sammlung von für mich guten Texten wuchs in meinem Zimmer. Schließlich begann ich die besten Geschichten umzuschreiben und zusammenzufassen und an einen Verlag zu schicken, der sie prompt in kleiner Auflage veröffentlichte. Ich hatte ein Pseudonym gewählt. In der Zeitung besprach ich in meiner Kolumne das Werk und pries es an. Immer mehr Leute kauften das Buch, der Verlag druckte nach. Keiner der ursprünglichen Autoren beschwerte sich. Mich wunderte das. Wahrscheinlich hatten sie die Veröffentlichung gar nicht mitbekommen.

Als ich zweiundzwanzig war, veröffentlichte ich mein zweites Buch, ebenfalls unter dem gleichen Pseudonym und es verkaufte sich noch besser. Eines Tages erschien ein Mann in der Redaktion mit einem Buch in der Hand und forderte lautstark, mit dem Autor zu sprechen. Er nannte meinen Namen, was mich verwunderte. Ich ging zu ihm stellte mich vor. Sofort begann er mich wüst anzugehen, öffnete das Buch und zitierte Stellen mit dem Hinweis, dass er das geschrieben hätte und dass diese Zeilen einfach von ihm gestohlen worden wären.

Kurz ließ ich ihn gewähren, dann schob ich ihn in einen leeren Raum und schloss die Tür hinter uns.

„Beruhigen Sie sich, Senor!", herrschte ich ihn an. „Sie haben keine Urheberrechte auf den Text! Beruhigen Sie sich oder och rufe die Polizei! Sie haben uns bedroht, dafür können Sie in Haft kommen!"

Der Mann beruhigte sich. Wir verließen das Gebäude und setzten uns in eine kleine Bar in einer Seitengasse. Er nannte seinen Namen und teilte mit, dass er neben seinem Beruf als Lehrer gerne schrieb und dass er eine Absage von meiner Zeitung für sein Werk erhalten hatte. Ein Freund hatte ihm dann mein Buch empfohlen. Beim Lesen waren ihm Parallelen zu seiner eigenen Geschichte aufgefallen, die er mal eingeschickt hatte. Im Verlag hatte er durch Bestechung dann meinen Namen als Autor erfahren. Er war gekommen, um mich zur Rede zu stellen. Ich eröffnete ihm, dass er durch das Einschicken der Texte die Rechte an seinem Text verlieren würde und dass ich einige Ideen übernommen hätte. Als freundliche Geste würde ich ihm aber einen Teil der kargen Einnahmen überlassen. Er war damit zufrieden. Ich fragte ihn nach weiteren Texten. Er versprach, morgen weitere Texte mitzubringen, wenn ich das Geld mitbringen würde.

Wir trafen uns am nächsten Morgen ganz früh, lange vor der Arbeit, auf einer kleinen wackeligen Brücke am Fluss südlich der Hauptstadt. Außer uns war an diesem nebligen Morgen niemand zu sehen. Er überreichte mir die Tasche mit den Texten, ich ihm einen Umschlag mit Geld.

Als er diesen öffnete und nur leere Zettel vorfand blickte er mich überrascht an. Er sah noch immer überrascht aus, als ihn mein Stock an der Schläfe traf. Er fiel einfach über das niedrige Geländer in den Fluss und tauchte unter. Ich blickte in die Fluten, aber er kam nicht mehr hoch. Blieb so auf der Brücke stehen. Niemand war zu sehen. Ich kehrte in die Stadt zurück, mit hochgeschlagenem Mantelkragen, ging durch enge Gassen, wechselte die Richtung, um Leute in die Irre zu führen, die mir folgen würden.

Den ganzen Tag über erwartete ich die Polizei.

Dass sie die Redaktion stürmen und mich verhaften. Nichts dergleichen geschah. Alles blieb ruhig. Tage später las ich in der Rubrik Vermischtes in unserer Zeitung, dass eine Leiche weiter flussabwärts angespült worden war. Offensichtlich das Opfer eines Überfalls. Ausweispapiere waren nicht zu finden gewesen.

Die Texte des Mannes waren gut gewesen. Ich änderte wie gewohnt die Namen, Orte und Teile der Handlungen und schrieb alles abends und nachts in meiner kleinen Kammer um. Ab und zu hämmerten die Nachbarn gegen Wand oder Boden, damit ich aufhören sollte, sie mit dem Geklapper der Schreibmaschine zu nerven.

Nach Wochen war der erste Roman fertiggestellt, ich schickte ihn unter einem Pseudonym ein, er wurde angenommen. Ein kleiner Erfolg, der mir einiges an Geld einbrachte. Noch drei weitere Romane brachte ich unter dem Pseudonym raus. Immer mehr Menschen kauften meine Romane.

Anderen Leute, die ihre Texte einreichten, kaufte ich ihre Texte ab, änderte sie, brachte sie als meine eigenen heraus. Und mein Ruhm begann zu steigen. Die Zeitungen begannen sich für mich zu interessieren. Nach wenigen Jahren starb meine Mutter und so baute ich mir meinen Hintergrund auf. Alle Bücher, die ich unter verschiedenen Pseudonymen geschrieben hatte, brachte ich nun unter meinem eigenen Namen beim Pelikan-Verlag heraus. Alles lief sehr gut. Die Leute kauften meine Bücher, ich wurde immer berühmter. Ich fand einen armen Schreiber, der mir gute Texte angeboten hatte. Ramon Perez. Ihm diktierte ich Ideen, die er ausarbeitete und richtig gute Romane daraus machte. So ging es mir mit den Romanen „Der zahme Tiger", „Wut in den Dörfern", „Der einsame Indio". Er bekam von mir ausreichend Geld, damit er für mich schrieb. Er berichtete mir auch von seinen Ideen, die ich ihm abkaufte,

die er für mich zu Romanen weiterentwickelte und
die ich unter meinem Namen herausbrachte. Er starb
vor einigen Jahren. Da hörte ich auf, Bücher zu
schreiben. So wurde ich in den letzten 25 Jahren der
Nationalautor dieses Landes. Alles nur Lug und Betrug und jetzt bin ich bereit, mich meiner Vergangenheit zu stellen, denn es ich etwas geschehen, Javier,
was mich dazu veranlasst hat."

Javier sah ihn an.

Martinez drehte sich zum Schreibtisch und holte
einen Brief aus einer Schublade. Er reichte ihn Javier,
der ihn überflog.

„Ja, es gibt jemanden, der meine Geschichte von
früher kennt und er mich damit erpressen will. Wenn
ich mich nicht öffentlich zu meinen Taten bekenne,
will er es selbst veröffentlichen."

Javier nickte und ließ den Brief sinken.

„Und deswegen haben Sie ihre Memoiren ver-
fasst?"

„Ja, so wie der Briefschreiber es von mir ver-
langte.

Bald werde ich alles zugeben und mich ins Aus-
land absetzen, bevor die Bombe hochgeht und meine
Bücher in den Dreck gezogen werden."

Martinez öffnete die Schublade, zeigte Javier das
Skript, legte es zurück, schloss die Schublade.

Javier nickte. Er lächelte Martinez an.

„Sie werden nirgendwo hingehen, Senor Martinez. Sie werden hierbleiben und weitere Bücher
schreiben. Bücher, die ich ihnen diktiere!"

„Javier, was…"

Javier schob Martinez beiseite, öffnete die Schublade und holte das Buchskript hervor, nahm es an
sich, trat zurück.

„Es ist ganz einfach, Martinez. Ich bin der Sohn
von Ramon Perez, er hatte alles über sie herausgefunden. Ich schrieb ihnen die Nachrichten und
brachte Sie dazu, ihr Geständnis zu schreiben. Jetzt

habe ich es in der Hand, habe Sie in der Hand, Martinez."

Martinez griff nach dem Skript, Javier zog den Arm weit hinter sich zurück, stieß den alten Mann nach hinten, so dass er auf einem Drehstuhl niedersank.

„Sie werden jetzt mir dabei helfen, berühmt zu werden, Martinez. Und wenn Sie sich weigern, werde ich ihr Buch veröffentlichen!"

Er lächelte Martinez an.

„Morgen fangen wir mit der Arbeit an."

Die Lösung auf alle Fragen des Universums ist…

Uni, Vorlesung in der Kirche

Es war zu Semesterbeginn proppenvoll in der Kirche. Diese Örtlichkeit gegenüber der Uni wurde gewählt, weil sie nahe und ausreichend groß war. Zur Einführung hatte der Professor gesagt: „Meine Damen und Herren, jetzt drängen sie sich noch auf den Bänken und an den Wänden. Aber es sei ihnen versichert, dass nach einem Semester alle einen Sitzplatz haben werden!"

So war es auch. Für Ingenieure begann mit dem ersten Semester eine Auslese, hauptsächlich durch die Fächer Mathematik und Baumechanik. Normalerweise ging die Mathematik immer der Mechanik um einige Wochen voraus. In diesem Falle hatte der Professor für Baumechanik, der frisch von der Bundeswehrakademie kam, den Vorsprung mehr als wettgemacht und war in Führung gegangen.

Gestern hatte er Massenschwerpunkte über gekrümmte Flächen angesprochen und mit vierfach-Integralen angefangen. Die meisten hatten die Hefte zugemacht. Kaum jemand konnte ihm folgen. Der Mathe-Professor war ein umgänglicher Mensch, der den Studenten half und sich bei den Prüfungen mehr als fair zeigte. Er stand an der großen Tafel und schrieb diese voll. Unweit von mir schlief S. wie so häufig. Er schnarchte nicht, sein Kopf war nach vorne gesunken und er schien nachzudenken. Sein Kumpel Michael neben ihm schrieb mit.

Er hörte mit dem Schreiben auf, stupste S. in die Seite und raunte ihm halblaut zu: „Der Professor hat Dich was gefragt!"

S. stand auf und rief laut: „Die Antwort auf alles ist 42!"

Der Professor drehte sich irritiert herum, während alle um S. herum lachten.

„Nein!", meinte der Professor. „Das ist falsch!

Die Antwort auf die Aufgabe ist 1/3 x^3."

S. begriff, dass Michael ihm einen Streich gespielt hatte und stupste ihn lachend an.

Die Spinne

Es gab einen kleinen Weg, der von der Straßenkehre zu einem kleinen Bach führte. Wem der Bereich gehörte, wusste ich nicht. Rechts war ein hoher Maschendrahtzaun, links die Mauer eines langen Grundstückes.

Wir, das waren 5 Jungs, etwa 10 Jahre alt, gingen den Weg entlang, als wir auf dem Baum im Durchgang eine Spinne entdeckten. Groß, mit behaarten Beinen und vielen Augen. Mit kleinen Ästen stachen wir nach ihr, trieben sie den Baumstamm empor, wo sie in Augenhöhe in einem großen Astloch verschwand. Wir stocherten in dem Loch herum. Dann rief Markus, dass er noch einen Kracher von Sylvester hatte. Er lief nachhause und war nach wenigen Minuten wieder da. Er hielt stolz den Kracher hoch. Den Kracher stopfte er in das Loch. Wir konnten noch sehen, wie die Spinne versuchte, sich daran vorbeizudrücken.

„Los, zünde an!" rief Christian.

Markus hatte ein Feuerzeug mitgebracht. Wir zündeten die Zündschnur an, wir liefen weg, erreichten die kleine Mauer am Ende des Weges. Ein kurzer scharfer Knall. Als wir wieder an den Baum herantraten, waren die Reste der Spinne verteilt. Auf der weißen Wand gegenüber hing ein großes Spinnenbein, das noch zuckte.

„Haha, hast du das gesehen?" Christian zeigte auf das Spinnenbein.

Wir beobachteten das Bein. Dann besahen wir undas Astloch. Reste der Spinne klebten überall. Wir stocherten mit dünnen Zweigen darin herum und kratzten kleine Reste hervor. Dann warfen wir die Zweige weg und gingen den Weg weiter bis zum kleinen Bach. Dort fingen wir Kaulquappen, die wir in den Einmachgläsern betrachteten und später wieder freiließen.

Frank

Arbeitszimmer, Schreibtisch, Computer

Ich habe gerade eine Telefonkonferenz, Gesichter auf dem Monitor vor mir.

Frank: „Wir müssen unbedingt in diesem Quartal die Einfuhr der Steuerungselektronik um 40 % erhöhen, da wir 50 % mehr Anfragen haben. Man muss die Leute immer etwas zappeln lassen"

Robert: „Dann müssen wir mit unseren taiwanesischen Partnern den Vertrag erweitern. Wir…"

Sein Kamerabild beginnt zu zucken, helle Streifen wie bei einem alten Fernsehgerät erscheinen. Plötzlich ist das Bild glasklar. Roberts Stimme, der Kopf ist völlig anders: insektoid, dunkelgrün, 2 große Facettenaugen, ein Maul mit 4 kleinen Mandibeln, die sich beim Sprechen wild bewegen.

Robert: „…das müssen wir einfach jetzt unternehmen, sonst werden wir die Nachfrage nicht bedienen können. Stefan, wir müssen uns dringend zusammensetzen, um die Verträge zu überarbeiten. wann hast du Zeit? Was ist los? Warum weichst du zurück?"

Ich bin vom Schreibtisch zurückgewichen, stehe, noch das Headset auf. Auch die anderen kleinen Bilder auf dem Monitor flackern und alle vier haben diesen insektoiden Kopf mit den Mandibeln. Sie sprechen und Worte dringen über das Headset an mein Ohr, doch ich kann sie nicht verstehen. Ich weiche zurück, werfe mein Headset auf die Tastatur, reiße die Tür zu meinem Arbeitszimmer auf und laufe den Flur entlang bis zur Wohnungstür. Mit einem Ruck reiße ich die Tür auf, stecke die Schlüssel ein, die von ihnen stecken, trete hinaus und ziehe die Tür hinter mir fest zu. Haste das Treppenhaus hinab. Stimmen. Zwei Frauen unterhalten sich vor einer Wohnungstür, beide mit länglichen insektoiden Köpfen, die eine hält eine grünliche Larve in den

Armen. Sie unterbrechen ihr Gespräch und grüßen mich und ich haste mit einem Aufschrei eng an das Treppengeländer gepresst an ihnen vorbei. Sie schauen mir wortlos nach. Unten im Erdgeschoss ist eine Arztpraxis, aus der eine Patientin kommt. Vor meinem Auge verwandelt sich ihr Kopf und wird zu einem Insektoidenkopf, wie bei all den anderen. Sie ist stehengeblieben und kramt in der Handtasche nach. Als sie mich bemerkt, schaut sie auf und grüßt mich. Erschreckt weiche ich vor ihr zurück, drücke mich an die Wand hast du zum Ausgang. Ich trete hinaus auf die Straße, wo mir zahlreiche andere Personen begegnen, alle mit diesen insektoiden Köpfen. Ich bewege mich durch ihre Reihen, stoße Personen an, pralle von ihnen ab und stürze schließlich zu Boden. Einige Passanten wollen mir aufhelfen, ich stoße ihre Arme zurück, die in Insektenkrallen enden. Schreie, dass sie mich in Ruhe lassen sollen. Sie treten zurück und machen Platz für einen bulligen Insektoiden mit einer schwarzen Mütze auf dem Kopf.

„Jetzt ist Schluss mit dem Blödsinn", ruft er aus.

Ein anderer meint: „Das kommt davon, wenn die Jugend zu viel Computerspiele macht und vor allen Dingen die früheren Bewohner dieses Planeten simuliert, bevor wir kamen und diesen Planeten übernahmen."

Sie zerren mich empor. Trotz Gegenwehr zerren sie mich zu einem der verspiegelten Schaufenster und zwingen mich, hineinzuschauen. Mein menschliches Antlitz zuckt und verschwindet und übrig bleibt ein insektoider Kopf mit vier kleinen Mandibeln, die sich unablässig bewegen.

Das Leben

Der Mann starb in seinem Zimmer an einem düsteren Herbsttag. Das Laub wurde durch die Straßen gewirbelt, als er sich auf das Bett legte, in dem Bewusstsein bald sterben zu müssen.

Petrus empfing die Seele des Mannes am großen Tor. Auf einen Wink von ihm erschien an der einen Seite eine große Leinwand, auf der das Leben des Menschen ablief. Petrus wandte sich an die Seele.

„Wenn die Menschen zu mir kommen, schauen wir uns erst einmal ihr Leben als Film an. Sag mir, wann Du Deinen schönsten Tag im Leben hattest!"

Auf der Leinwand erschienen Geburt, Kindheit, Jugend. Beide sahen den Jungen, der auf dem Spielplatz im Sand spielte. Allein. Wie immer. Sein Vater erschien, prügelte ihn nachhause. Wenig essen, viele Schläge. Petrus und die Seele betrachteten seine Jugend, den hoffnungsvollen Aufbruch ins Leben. Seine Ausbildung, eine langsam auseinanderbrechende Familie, eine Frau, die ihn betrog, Trennung, Kinder, die sich nicht meldeten, Einsamkeit.

Petrus betrachtete den Film und die Seele, die vor ihm stand. Die Seele ließ den Blick über die Umgebung schweifen, der Film war nicht interessant.

Schließlich legte sich der Mann alt und schwach auf das Bett und schlief ein.

Starb.

Die Seele deutete auf den Film.

„Das war der schönste Moment in meinem Leben!"

Petrus sah betreten weg.

Gefallene Engel

„`Mal nicht den Teufel an die Wand!´, hat früher die Oma zu mir gesagt!", meinte der junge Mann zu der jungen Frau. „Kennst Du den Spruch?"

Die junge Frau nickte und lächelte ihn an. Sie standen in einem großen Raum, angefüllt mit zahlreichen Antiquitäten. Zwischen Marmorsäulen verschiedener Baustile und Epochen waren Ausstellungsstücke hinter Glasvitrinen ausgestellt. Sie zeigten die Frühphase der menschlichen Entwicklung, den zaghaften Beginn der Religionen und der Schaffung einer Vorstellung vom Jenseits. Dazu verschiedene Tontafeln mit geschabten Zeichnungen und Vorläufer der Alphabete. Der junge Mann zeigte der jungen Frau verschiedene Artefakte, erklärte ihr deren Herkunft, Alter und Bewandtnis. Sie hörte ihm zu und war von seinem Wissen begeistert. Ab und zu deutete sie auf etwas und stellte Fragen, die er ihr eingehend beantwortete. Er führte sie durch den Raum und zeigte ihr Tafeln, die die Urform des Teufels zeigten.

„Das ist der gefallene Engel, der gegen Gott rebellierte aus Zuneigung zu den sterblichen Frauen und der deswegen auf die Erde verbannt wurde, tief unter der Erde."

Er lächelte.

„Aber Gott wurde weich und verzieh den Gefallenen Engeln, angeführt von Azael."

„Wieso weißt Du so viel über diese Themen?"

„Sie haben mich schon seit der Geburt fasziniert. Alles, was mit dem Ursprung der Religionen, den gefallenen Engeln, Sünde, Zerstörung, dem Satan, Auferstehung und dem himmlischen Reich zu tun hat."

Sie gingen weiter, in andere Räumlichkeiten des Museums, wo sie die einzigen Besucher waren. Auch hier waren frühe Artefakte der Menschheit ausgestellt. Hände auf Felsen, von Farbe umgeben.

„Die Menschen haben früher Hände auf Fels-
wände gelegt und Farbe draufgespuckt. Auch mehrmals. So entstanden die Abdrücke!"

Er legte seine Hand auf das Glas über einem Ab-
druck und simulierte dies.

„Die gefallenen Engel sahen die Frauen der Menschen und legten sich zu ihnen," rezitierte der junge
Mann. „So steht es in der Bibel. Was nicht darin
steht, dass die Männer das nicht hinnahmen und gegen die gefallenen Engel um ihre Frauen kämpften.
Viele Männer starben. Die gefallenen Engel waren
ihnen überlegen und töteten sie, wie man Kakerla-
ken zertritt. Aber auch Engel wurden getötet. Die
Rache der übrigen war fürchterlich.

„Ich finde den Gedanken faszinierend, dass ein
gefallener Engel mit einer menschlichen Frau schläft
und mit ihr ein Kind zeugt!"

Der junge Mann sah die junge Frau an.

„Schließ die Augen!", sagte der junge Mann und
die junge Frau gehorchte.

Als sie die Augen nach seiner Aufforderung wieder öffnete, stand er ohne Jacke vor ihr, so dass seine
Flügel erkennbar waren. Unter seiner Kappe hatte er
langes blondes Haar. Seine Kontaktlinsen nahm er
heraus. Hellblaue Augen sahen sie an.

Die junge Frau schien überrascht. Sie lächelte ihn
an. Dann trat sie zwei Schritte zurück und wies auf
ihren Schatten rechts von ihr. Ihr Schatten veränderte sich, wuchs, zwei wuchtige Beine, gedrungener
Körper, zwei sehr lange Arme, ein riesiger Kopf…
gewaltige Hörner erschienen.

Das alles in einem Sekundenbruchteil. Die gelben
großen Augen mit senkrechten Pupillen sahen ihn
von oben herab an. Große Hauer ragten aus dem
großen Unterkiefer.

„Auch der Teufel paart sich manchmal mit Sterblichen!" Ihre Schatten verschmolzen, die Schreie des
jungen Mannes brachen abrupt ab.

Der Mönch und die Kerze

„Die Jahre machen nicht weise, sie machen nur alt!", sagte der alte Mönch und sah sich in dem kleinen Raum um. Hier standen Hunderte von Kerzen auf einem breiten Regal an der Wand. Der andere Mann im Raum war hager, in dunkler Kleidung, mit einer dunklen Mütze. Seine kalten dunklen Augen beobachteten den Mönch, der die Kerzen auf dem Regal vor sich beobachtete.

„Jede Kerze ist ein Lebenslicht?", sagte der Mönch und sah den Mann an. „Und welche ist meins?"

Der Hagere wies auf eine der heruntergebrannten Kerzen mit nur noch wenig Wachs.

„Was kann ich tun, um die Zeit zu verlängern?"

Der Hagere wies auf die Kerzen.

„Eine andere nehmen!"

Der Mönch trat näher, besah sich die Kerzen. Dann wählte er eine lange aus, die nur wenig heruntergebrannt war und setzte diese auf die eigene Kerze. Er fühlte sich jünger, richtete sich auf, sein Rücken schmerzte nicht mehr.

„Ah, das tut gut!"

„Aber alles hat seinen Preis!", meinte der Hagere.

„Welchen?"

„Das erfahrt Ihr noch!"

Sie verließen den Raum. Der Hagere schloss ihn sorgfältig ab. Sie standen in einem Kreuzgang. Andere Mönche passierten sie, grüßten. Der Mönch wartete, bis die anderen sie nicht mehr hören konnten, holte einen Beutel hervor und reichte ihn dem Hageren.

„Hier die versprochenen zehn Taler!"

Der Hagere steckte das Geld rasch ein. Sie gingen langsam weiter, erreichten den Garten, wo Mönche und Gärtner die Pflanzen und Bäume pflegten.

Ein lauter Schrei drang an ihr Ohr. Gemeinsam mit den anderen eilten sie zum Gesindehof. Eine Menschenmenge stand dort. Sie schoben sich sanft hindurch. Eine der Mägde kniete auf dem Boden und hielt ihren kleinen Sohn, etwa drei Jahre alt, in den Armen. Das Kind bewegte sich nicht mehr.

„Er ist einfach umgefallen und war tot!" rief sie immer wieder, weinte und wiegte das tote Kind in den Armen. „Mein Kind! Mein armes Kind!"

„Kann es rückgängig gemacht werden?", fragte der Mönch leise.

Der Hagere schüttelte den Kopf.

„Nein. Es gibt keinen Weg zurück!"

Betroffen ging der Mönch davon.

Der Hagere hielt nach weiteren Kunden Ausschau.

Das Geschenk

Die Männer in dem Lokal drängte sich eng zusammen, tranken Bier, hielten sich an warmen Teetassen fest. Die Männer hatten nur wenig Geld, die meisten Werften waren jetzt über den Winter geschlossen oder benötigten wenige Männer. Wer einen Job hatte, wurde meist von der Frau auf dem Weg nach Hause abgefangen und musste das Geld abgeben, damit er es nicht in den nahen Kneipen versoff.

Einer der Männer saß etwas abseits von den andern. Er trug auch einfache Kleidung, Jacke und Hemd an Ellenbogen, Kragen und Saum mehrfach geflickt. Während die anderen über das Wetter, die Arbeit, Familie und andere Themen sprachen hielt er sich zurück, schwieg, antwortete bestenfalls einsilbig. Die anderen achteten nicht auf ihn. Er wirkte wie ein Fremder unter all den Arbeitern.

In der nächsten Gruppe steckten die Männer die Köpfe zusammen. Einer sprach davon, dem Schweigsamen ein Geschenk zu unterbreiten. Sie vermuteten, dass er sich vor der Polizei hier verbarg. Vielleicht schuldete er auch anderen Geld, oder er drückte sich vor dem Unterhalt ..., der Gerüchte gab es viele. Der Mann blieb ruhig, trank seinen wieder aufgegossenen Tee und sah an den Männern vorbei hinaus in den Schneeregen, der gegen die Fenster drückte.

Die Männer holten eine kleine Schatulle hervor, etwas größer als eine Zigarettenschachtel. Sie kramten in ihren Taschen und brachten allerlei Utensilien hervor. Nach kurzer Abstimmung wählten sie ein kleines steinernes Ei aus, das sie in die kleine Schatulle legten. Einer nahm die herumliegende Zeitung, riss das Frontblatt heraus und begann die Schatulle darin einzuwickeln.

Sie lachten gemein, als sie die Schatulle ins Papier

einschlugen. Einer nahm das kleine Paket und wandte sich an den Mann.

„Hallo, wir haben hier ein Geschenk für Sie!"

Mit diesen Worten legte er das Paket vor den Händen des Mannes ab, die ruhig auf dem Tisch neben der Teetasse lagen. Der Mann sah den Sprecher an.

„Wie komme ich zu der Ehre?"

Er sprach mit ruhiger sonorer Stimme, gebildet.

„Eine kleine Aufmerksamkeit von uns, weil Sie immer so allein sitzen!"

Der Mann öffnete die Schatulle, besah sich das steinerne Ei, griff danach und holte es raus. Die Männer lachten. Es entglitt dem Mann und rollte über die Zeitung. Er griff danach, hielt inne, begann zu lesen. Er hob die Seite hoch, das Ei rollte unbeachtet vom Tisch. Der Mann sprang auf, warf den Kopf zurück und lachte laut auf, dass die Umgebenden in ihren Gesprächen innehielten und ihn anstarrten.

„Was ist…"

„Hahaha, ich bin unschuldig! Ich muss mich nicht mehr verstecken! Sie haben den wahren Mörder gefunden!"

Er wandte sich an den Mann, der ihm das Paket übergeben hatte.

„Vielen Dank für das tollste Geschenk von allem! Jetzt kann ich zu meiner Familie zurück und muss mich nicht mehr verstecken!"

Er ließ die Zeitung auf den Tisch fallen und verließ eilig die Wirtschaft.

Die Männer sahen ihm nach. Der Sprecher stand langsam auf und ergriff die Zeitungsseite, in die sie die Schatulle eingeschlagen hatten. Laut las er vor.

„Der 5 Jahre zurückliegende Mordfall Frank Mueller wurde jetzt aufgeklärt. Der Butler gestand den Mord an seinem Dienstherrn. Der Neffe des Ermordeten, William Mueller, der der Tat verdächtigt und durch Aussagen des Butlers schwer belastet wurde, floh direkt nach der Tat. Bislang konnte er nicht ausfindig gemacht werden. Seine Familie hofft auf seine Rückkehr!"

Er ließ die Zeitung sinken.

Der Läufer

Der Läufer drehte eine Runde nach der anderen auf der Bahn. So hatte er es schon als Kind getan und später auch als Jugendlicher und Erwachsener. Als Soldat war er durch viele Länder gelaufen, Norwegen und Frankreich, Jugoslawien, Griechenland. Russland und auch Italien. Am Ende hatten ihn die Kräfte verlassen, und er war von den Amerikanern überholt worden, den starken Kerlen mit frischen Gesichtern und kräftigeren Beinen. Dann hatte er für zwei Jahre nicht mehr laufen können, der Zaun des Lagers hatte ihn immer gestoppt.

Jetzt, wieder in Freiheit, war er nachhause gelaufen, fand sein Haus zerbombt, seine Familie war dabei umgekommen.

Heute zog er einsame seine Runden auf dem Laufplatz. Immer wieder passierte er den Zielbereich.

Plötzlich blieb er vor dem Ziel stehen und sah sich um. Er drehte sich auf dem Fuß um seine Achse und begann zu lachen, weil er begriff, dass er wieder dort angekommen war, wo er vor vielen Jahren losgelaufen war. Er hatte keinen Meter dazugewonnen.

Er lachte und lachte, bis er lachend zu Boden fiel. Und sein Lachen wurde zum Weinen. Zusammengekrümmt blieb er liegen, nassgeschwitzt, schlug mit seinen Fäusten auf den Boden ein.

Als der Regen einsetzte, hörte er damit auf. Völlig durchweicht erhob er sich und ging langsam davon. Er spürte die Tropfen auf seiner Haut nicht.

Die Ämter

Als der Mensch alles erschaffen hatte, was er zum Leben brauchte und vor Langeweile nicht mehr wusste, was er tun sollte – erschuf er die Bürokratie. Je schlimmer die Bürokratie wucherte, desto mehr fühlten sich die Menschen in ihr wohl, tauchten unter in den Fluren und Korridoren der Zuständigkeiten und Formularen. Für Außenstehenden schwer verständliche Abfolgen und Zuständigkeiten sicherten den Ämtlern ihre verbeamteten Positionen. Wer einen ruhigen Job haben wollte – ging zum Amt. Das war immer schon so und würde auch immer so bleiben. Weltweit. Die Gesichter waren austauschbar, Formulare und Zuständigkeiten blieben. Jeder von uns kennt das Gefühl der absoluten Hilflosigkeit, wenn er vor einem der massiven Schreibtische steht oder sitzt, hinter dem einer der Hohepriester des Paragraphendschungels thront und ihn nach Formularen fragt, die man nicht hat und auch nicht wusste, dass man sie für den Antrag benötigt. Und dann kommt der Normalbürger ins Straucheln. Oft entschuldigt er sich für seine mangelhafte Vorbereitung. Huldvoll nickt der Beamte und schaut einem über den Rand der Brille aus nur mitleidig an.

„Der Nächste!"

Und man steht mechanisch auf, entfernt sich gebückt rückwärts aus dem Bannkreis der Macht und ist froh, dem allmächtigen Beamten entkommen zu sein.

Bis zur nächsten Audienz.

Generationen

Die erste und die letzte.

Die erste eroberte die Welt, die letzte klebt sich am Asphalt unserer Wohlstandsgesellschaft fest. Dazwischen liegen viele Generationen, die die Welt erkundeten, sie eroberten, Reiche schufen und untergehen ließen, die Kinder gebaren und begruben, die einander halfen und sich bekriegten. Sie standen auf den Schiffen, die weit hinaussegelten, um fremde Kontinente zu sehen, sie ritten in endlosen Prärien und marschierten auf staubigen Wegen, vom Hadrianswall bis Stalingrad. Jede Generation darf Fehler machen. Die nächste hat kein Recht, sie dafür zu verurteilen. Wer ohne Fehler, der werfe den ersten Stein! steht in einem alten Buch. Religionen entstanden und gingen unter. Pyramiden wurden erschaffen und versanken im Sand der Geschichte.

Generationen kommen und gehen, nur die Gier des Lebens nach sich selbst bleibt bestehen.

Steine

Trage meine Tage wie Steine mit mir herum. Am Beginn des Lebens erhält ein jeder von uns unendlich viele Steine aufgebürdet. Mit jedem Tag werfen wir einen Stein ab. Wir bewegen uns immer freier. Bis der Tag kommt, wo wir den letzten Stein freudig hochhalten, ihn allen zeigen, tanzend, lachend. Und wenn wir diesen Stein weit von uns werfen und endlich unbeschwert sind, da steht der Alte Gevatter vor uns, winkt uns zu sich heran. Im Hintergrund dreht sich das gewaltige Rad der Zeit und in der Mitte sieht man das eigene zukünftige Leben – mit einem neuen Sack Steine.

Mediatoren

„Uns allen geht es gut, weil wir alle unsere schlechten Gefühle und Erinnerungen an die Mediatoren abgeben können. Sie filtern für uns die Gefühle, die wir nicht haben wollen. Das ist einer der Grundpfeiler unserer Gesellschaft!"

„Wie läuft das ab?"

„Wir treffen die Mediatoren, wenn wir Gefühle oder Erinnerungen haben, die uns stark belasten und verschmelzen mit ihnen, übertragen so alles auf sie."

„Und was machen die Mediatoren damit?"

„Sie speichern diese Gefühle und geben sie über ihre Körperantennen an das Universum ab. Daher haben sie auch lange Haare. Das sind ihre Antennen, ihre Verbindung mit allem, was um sie herum ist."

„Und das funktioniert immer?"

„Hin und wieder kommt es vor, dass die negativen Empfindungen, die übertragen werden, zu viel für einen Mediator sind, dann schaltet sich ein zweiter ein, oder die Übertragung wird abgebrochen und später nochmal durchgeführt!"

„Das klingt alles fantastisch! Eine Gesellschaft ohne schlechte Gefühle!"

„So konnten wir in den letzten 10.000 Jahren prosperieren und uns im gesamten Weltall ausbreiten! In Frieden und Wohlstand."

„Und keine Gewalt?"

„Keine Gewalt! Wir lösen unsere Konflikte friedlich, mithilfe der Mediatoren!"

„Unglaublich!"

„So gehe hin in Frieden, mein Freund!"

Der Teufel wandte sich ab und ging langsam davon, den Blick zwischen den hohen Gebäuden schweifend.

Der alte Mann

Der alte Mann ging die staubige Straße entlang und sah sich um. Kinder spielten in seiner Nähe. Er winkte eines heran und sprach leise mit ihm. Er holte seine Jahre, die er wie viele Schals umgelegt hatte, hervor und legte sie dem Kind um Hals und Schultern, das plötzlich alt und gebeugt dastand.

„Was machst Du?", fragte das Kind.

Der junge Mann vor ihm reckte und streckte sich. Er trug noch einige Schals.

„Jetzt bin ich wieder jung! Habe einige Jahre behalten, damit ich nicht wieder Kind bin!"

Er sah auf den alten Mann hinab.

„Du musst nun jemanden finden, auf den Du Deine Jahre abwälzen kannst!"

Dann ging der junge Mann davon. Der alte Mann drehte sich um und ging davon.

Das Kind

Er trug das Kind in das Haus des Lebens und legte es in der Mitte des Raumes auf den großen steinernen Tisch. Das Kind schien zu schlafen. Er streichelte das Gesicht des Kindes und strich eine Strähne aus der Stirn.

„Geh hinaus!", meinte eine leise Stimme. „Lass uns allein!"

Der Mann verließ das Haus und blieb draußen stehen. Die Eingänge schlossen sich, das Gebäude strahlte von innen heraus in einem hellen Licht. Töne erklangen, schwangen sich durch die Luft.

Die Leute um ihn herum blieben stehen, erhoben alle ihre Arme, Strahlen verbanden alle sternförmig mit dem Gebäude. Alle summten, stimmten in einen Singsang ein, erst langsam und leise, dann lauter und schneller werdend. Sie bewegten ihre Oberkörper synchron nach links und rechts, sangen.

Das Licht wurde greller, dann wurde es dunkel. Die Strahlen zwischen den Leuten verschwanden. Sie nahmen wieder ihre Arbeit auf bewegten sich weiter.

Der Vater wartete weiterhin vor dem Gebäude. Die Tür öffnete sich. Seine Tochter stand vor ihm. Sie kam auf ihn zu, er nahm sie in die Arme und drückte sie.

„Danke! Danke!", sagte er zum Haus und drückte wieder seine Tochter an sich.

„Ich habe Dich wieder! Endlich!"

Der Bote

„Mit wie vielen seid ihr aufgebrochen?"

„Wir waren 10.000 Mann, die der König schickte, um Euch, oh werter König Demetrios, die wichtige Nachricht zu überbringen."

„Was geschah mit Euren Männern?"

„Viele ertranken beim Überqueren vom großen Fluss, weil ein Sturm aufkam und unsere Boote kentern ließ. Andere kamen um bei Kämpfen gegen die Amazonen oder beim Überqueren der Eisigen Berge südlich von hier. Das Sumpffieber raffte viele dahin. Und nun bin ich hier als letzter unseres Trupps, in Eurer Hauptstadt, Oh König, mit der Nachricht unseres werten Königs Alexandros II."

Der Bote reichte dem König das versiegelte Schreiben. Der König öffnete es und las. Dann ließ er es sinken und wandte sich an den Boten.

„Wisst ihr, was darinsteht?"

„Natürlich, werter König!"

Er riss seinen Dolch aus dem Gürtel und stürzte sich auf den König, bevor die Leibwachen reagieren konnten.

„Krieg!", schrie er. „Krieg!", während er wie rasend auf den König einstach. Er schrie noch, als die Schwerter der Leibwache ihn in Stücke hackten.

Die Tankstelle

Der Wagen hielt an der Tankstelle. Eine junge Frau und ein junger Mann stiegen aus und sahen sich um. Aus dem Gebäude trat ein junger Mann im ölverschmierten Overall. Er näherte sich dem Wagen, fragte, ob der Wagen Benzin oder Diesel tanken würde und nahm den einen Zapfhahn. Er öffnete den Tankdeckel, schraubte die Abdeckung ab und steckte den Zapfhahn hinein. Er betätigte den Drücker und ließ das Benzin in den Tank gurgeln, dabei beobachtete er die Anzeige an der Zapfsäule.

Die beiden Jungen Leute küssten sich, lachten. Sie standen an der Kühlerhaube und beobachteten den jungen Mann und auch die Umgebung. Hier, im Herzen von Neu Mexiko, im Süden der USA, war nicht viel zu sehen, nur endlose Landschaft.

Der Tankwart beendete seine Tätigkeit, steckte den Zapfhahn wieder zurück an die Säule, schraubte die Tanköffnung zu, schloss den Deckel.

„32 Dollar 54 Cent!", sagte er.

Der junge Mann kramte in der linken Hosentasche nach. Plötzlich richtete er eine Waffe auf den Tankwart.

„Wie bezahlen heute nicht!" rief er aus und lachte irre. „Wir bezahlen nie!"

Er spannte den Hahn. Der Schuss knallte laut.

Der junge Mann wurde nach rechts geworfen, der halbe Kopf fehlte. Er war tot, bevor er auf dem Boden aufschlug. Sein Blut war auf den Overall des Tankwartes gespritzt und auch auf das helle Kleid der Frau. Sie schrie auf, sah an sich herunter, schrie, sah den Tankwart fassungslos an, der nun ebenfalls eine Knarre zog. Aus dem Gebäude trat ein Mann mit einem Gewehr in der Hand. Er richtete seine Waffe auf den jungen Mann, der auf dem Boden lag. Langsam kam er näher. Die junge Frau schrie hysterisch auf, als er bei ihr war und ihr eine Ohrfeige gab. Dann packte er sie an den Haaren und zerrte sie zum Gebäude. Der Tankwart steckte die Waffe ein.

„Fick sie und dann weg von hier!"

Wenig später ertönte ein Schuss, der andere Mann verließ das Gebäude, stieg zum Tankwart, der keinen Overall mehr trug, in den Sportwagen und beide fuhren los.

„Was für Idioten, die gerade die Tankstelle überfallen wollen, die wir überfallen haben. Ich habe die Schlampe zu den anderen in den Kühlraum gelegt."

Sie folgten der staubigen Straße Richtung Westen.

Die Dunkelheit

„Weißt Du, mein Sohn, früher gab es auf der Erde auch Schatten und Dunkelheit!"

„Was ist das?", fragte der Sohn.

„Das ist die Abwesenheit von Licht. Du kennst die Farbe schwarz. Wenn du die Augen schließt und nichts mehr siehst. So war das früher hier auf der Erde auch. Die Menschen hatten Angst vor dem Dunkel und schufen eine zweite Sonne, die die Dunkelheit vertrieb. So war es immer hell. Alles Dunkle, auch die Schatten, wurden verbannt, tief unter die Erde in eine große Höhle. Dort sollte alles dunkel bleiben und nie wieder an die Oberfläche kommen!"

Er lächelte seinen Sohn an. „Als ich so klein war wie Du kannte ich das Dunkel noch. Ich hatte Angst vor der Nacht, vor den Monstern unter meinem Bett. Mein Vater, Dein Großvater, musste abends immer unter das Bett schauen und mir bestätigen, dass es dort keine Monster gab." Er lachte.

„Dann wurde die zweite Sonne eingeschaltet und alles Dunkle verschwand."

„Was war mit den Tieren?"

„Viele starben, andere passten sich an."

„Der Mond strahlt auch immer hell am Himmel, Papa!"

„Ja das stimmt. Sie haben ihn als Spiegel genommen und so ebenfalls die Sonnenstrahlen verstärkt. Die Menschen sind fröhlich, alle genießen die Wärme und das Helle. Keine Angst mehr im Dunkeln. Alle Furcht ist von uns gewichen."

„Und wieso weißt Du das mit der Höhle?"

„Weil wir die Höhle bewachen, mein Sohn!"

Der Junge sah ihn verständnislos an.

„Du weißt doch, dass wir oft an den Klippen sind. Da führt ein Weg hinab zu der Höhle, wo wir alles Dunkle versteckt haben. Wir gehen die Tage mal dahin!"

Und zwei Tage später ging der Vater mit dem Sohn an die Klippen. Weit schauten sie über das Meer, bis an das Ufer der gegenüberliegenden Inseln. Ein Gittertor stand an der Kante. Der Vater schloss es auf, dahinter begann ein schmaler Pfad, den der Junge bisher nicht bemerkt hatte. Sie gingen die ausgetretenen Stufen hinab, bis zu einer Plattform. Rechts war ein riesiges Tor eingebaut.

„Dahinter ist alles Dunkle eingesperrt, mein Sohn! Wenn du das Ohr an die Tür legst, kannst Du das Dunkle reden hören!"

Beide legten die Ohren ans Tor. Flüstern. Worte. Rufe, Schreie drangen leise zu ihnen. Wie lange sie gelauscht hatten, wussten sie nicht mehr zu sagen. An der Uhr des Vaters kleingelte ein Alarm. Wie aus einem Traum erwachend traten sie vom Tor weg. Der Vater sah auf die Uhr.

„Fünf Minuten hab en wir nur am Tor verbracht. Ich habe extra meine Uhr gestellt. Man verliert sich sonst leicht hier. Er hockte sich hin und sah seinen Sohn fest an.

„Du darfst niemals allein hierherkommen und ohne Timer an der Tür lauschen. Sonst verfällst Du den Einflüsterungen der Dunkelheit. Hast Du verstanden?"

Der Junge nickte.

Sie gingen wieder hoch.

Der Junge blieb auf der Hälfte der Stufen stehen und sah zurück. Er glaubte die Stimmen wieder zu hören. Leise, eindringlich.

Oben schloss der Vater das Gitter ab. Sie blieben noch einige Augenblicke dort stehen und sahen hinaus auf das Meer. Dann kehrten sie ins Haus zurück.

Die Jahre vergingen. Generationen bewachten das Tor, bis es schließlich nicht mehr bekannt war, warum sie das Tor bewachten und was sie eigentlich bewachten.

Die Sonnen strahlten am Himmel und erfüllten das Leben der Menschen mit Freude im Herzen. Die Dunkelheit war vergessen, weggesperrt hinter Türen, die schon Rost angesetzt hatten.

Und so blieb es für undenkliche Zeiten. Schließlich hatten die Menschen die Dunkelheit vergessen.

Eines Tages brachen durch den Rost Halterungen des einen Tores und es kippte nach vorne, unten noch gehalten. Dann barst durch das Gewicht auch die untere Halterung und der Torflügel kippte nach vorne, ins Meer hinab. Dunkelheit drang durch das Loch nach draußen - und wurde durch das Licht sofort aufgehalten. Menschen oben auf den Klippen, die zufällig vor Ort waren, vernahmen Schreie, als die Dunkelheit vom Licht ausgelöscht wurde. Lange, anhaltende Schreie. Doch diese erstarben, als das andere Tor ebenfalls barst und die Sonne in die Dunkelheit eindrang und die Höhle vollständig flutete.

Erinnerungen

„Wenn wir sterben, so hatte meine Oma mir immer erzählt, verdichtet sich das erlebte Leben auf knapp drei Sekunden, die vor unserem inneren Auge ablaufen."

Der Mann hielt inne und wies auf den großen Monitor, auf dem eine Milchstraße erschien.

„Dieser Kurzfilm wird dann von dem Sterbenden ausgestrahlt, in Richtung dieser Milchstraße. Wie Funkwellen von einem Sendegerät. Das haben die Forscher anhand von Experimenten mit Sterbenden ermittelt. Und nun sind wir hier, haben das eigentliche Ziel der Sendungen gefunden!"

Er schaltete um. Eine riesige Metallkugel erschien, Lichter blinkten überall, Lichter rasten über die Oberfläche.

„Das hier, meine Damen und Herren unserer Expedition, ist das Ziel der abgestrahlten Nachrichten. Und als wir uns näherten, erhielten wir laufend folgende Nachricht: `Menschen, das hier ist eine verbotene Zone. Kehrt sofort um. Hier werden die Informationen aller Lebewesen verarbeitet. Ihr seid hier nicht willkommen! Kehrt sofort um!´ Und dann haben wir folgendes in der Umgebung gefunden!"

Er betätigte ein kleines Gerät in der Hand. Der Monitor schaltete um. Er zeigte etliche andere Raumschiffe, die im Orbit um die Metallkugel schwebten. Alle zerstört. Leichen trieben herum. Die Kameras zoomten Körper heran, zeigten verschiedene Außerirdische, insektoide, humanoide, kleine und große.

„Wir haben unsere Erfahrungen in Drohnen an die Erde zurückgeschickt und werden nun diese Gegend hier wieder verlassen!"

Er nickte einem der Mannschaft am Steuerpult zu.

„Schwenken um 180 Grad, Rückflug antreten!"

Der Mann führte den Befehl aus, die Metallkugel glitt aus dem Monitorbereich.

Plötzlich umgab ein heller bläulicher Strahl das Raumschiff.

„Sie haben noch 10 Sekunden, bis sie alle sterben werden!", drang eine Stimme durch ihr Bewusstsein.

Die Menschen schrien auf, der Mann am Monitor wies den Mann am Steuerpult an, auf Höchstgeschwindigkeit zu gehen, doch nichts geschah. Kurz bevor das Licht alles Leben auf dem Raumschiff auslöschte, flackerten vor dem inneren Auge ihr bisheriges Leben auf. Sie strahlten es ab.

Das letzte, was sie hörten, war eine laute Stimme in ihren Köpfen.

„Danke für die Übertragungen!"

Generationen

Wir alle tragen die Last der vorangegangenen Generationen auf unseren Schultern. Durch die Jahrhunderte türmte sich die Schuld immer mehr auf, bis sie uns zu Boden drückt. Es wird endlich Zeit, den Ballast der Jahrhunderte abzuwerfen und frei zu gehen, frei von den Fesseln der Vergangenheit, einer strahlenden Zukunft entgegen.

Die Hunde

Ich übernachtete bei meiner Freundin. Wir hatten intensiven Sex, und sie war laut. Nachher lagen wir nebeneinander, erschöpft und zufrieden. Ich schlief ein. Spät in der Nacht wachte ich auf, ein unbestimmtes Gefühl. Ich glaubte Schritte auf den Treppenstufen aus dem Erdgeschoss nach oben zu vernehmen. Atmen vor der Tür. Ich lag still da, überdachte die Lage.

Einbrecher? dämmerte es mir.

Aber die würden nicht vor der Tür Halt machen, sondern hereinkommen und uns überfallen. Ich glitt aus dem Bett, lautlos, und zog meine Unterwäsche behände an, ergriff den Baseballschläger, den ich zu diesem Zwecke neben dem Bett stehen hatte und bewegte mich zur Tür. Meine Freundin schlief, halb auf der Seite, ein Bein angewinkelt, das andere ausgestreckt, nackt wie immer.

Auf der anderen Seite hörten die tiefen Atemzüge auf, ich vernahm leise Schritte nach unten. Ich wartete, bis keine Schritte mehr zu hören waren, öffnete vorsichtig die Tür. Im Erdgeschoss vermeinte ich leise Stimmen zu hören. Als ehemaliger Polizist war ich mir sicher, der Lage Herr zu sein. Mit dem Baseballschläger würde ich jeden Einbrecher in die Flucht schlagen können.

Vorsichtig glitt ich die hölzernen Treppenstufen hinab. In der Dunkelheit konnte ich zwei Schemen ausmachen, die in der Mitte des Wohnzimmers standen, sie hoben sich ganz schwach gegen das Mondlicht ab, das durch die breiten Wohnzimmerfenster-Jalousien drang.

Mit der linken Hand betätigte ich den Lichtschalter und schwang mit beiden Händen den Schläger und sprang in die Mitte des Raumes ... und blieb wie angewurzelt stehen. Sandras beide Hunde – Wilma und Alex – standen auf den Hinterbeinen und unterhielten sich leise. Als ich das Licht anmachte und in den Raum sprang, drehten sie sich zu mir herum und sahen mich an. Ich ließ den Baseballschläger sinken.

„Überrascht?", meinte Alex.

Er sprach guttural, war aber gut zu verstehen.

„Aber...!", stammelte ich.

„Wir haben oben gelauscht, was Du mit unserer Ernährerin machst. Wir passen immer auf sie auf. Sie ist gut zu uns und wir beschützen sie!"

„Ich... ich spinne wohl!"

„Geh wieder schlafen!", meinte Wilma.

Unschlüssig stand ich da, den Schläger in der Hand. Schließlich wich ich zurück, schaltete das Licht aus und ging die Treppe hoch, stellte den Baseballschläger neben dem Bett ab, kuschelte mich neben Sandra, legte den Arm um sie und dachte nach. Ich musste verrückt geworden sein. Zuviel Alkohol.

Irgendwann schlief ich ein.

Am nächsten Morgen erwachte ich und griff ins Leere. Sandra war schon aufgestanden. Draußen im Garten hörte ich die Hunde kläffen. Sie hatte sie schon rausgelassen. Langsam erhob ich mich, ging unter die Dusche. Zog mich an und kam herunter. Sandra hatte schon Frühstück gezaubert. Während wir Rührei mit Schinken aßen, sah ich draußen die Hunde toben.

„Die beiden beschützen dich!", raunte ich zu ihr.

Was sollte ich sonst sagen? Dass ich ihre Hunde stehend gesehen hatte und dass sie mit mir gesprochen hatten? Sie würde mich für verrückt erklären. Und das wohl zurecht.

Sandra sah kurz hinaus.

„Ja, das tun sie bestimmt," meinte sie. Dann lachte sie. „Zumindest hoffe ich das!"

Die beiden Hunde kamen herein und legten sich unweit vom Tisch auf dem Boden ab. Sie legten die Köpfe auf die Pfoten und schienen einzuschlafen.

Alex öffnete die Augen und blickte mich direkt an. Dann schloss er sie wieder und schlief ein.

Nach dem Frühstück half ich Sandra beim Abräumen. Die beiden Hunde dösten noch immer. Ich musste los, zog mich an, gab ihr einen Kuss im Flur. Während ich in der Tür stand, Sandra umarmte und sie fest an mich drückte, blickte ich an ihr vorbei ins Wohnzimmer.

Alex hatte ein Auge offen und zwinkerte mir zu. Ich nickte, küsste Sandra noch einmal und ging davon.

Gerettet

„Nein, ich kenne Sie nicht!", rief sie.

„Aber Jenny, ich bin´s doch, Frank!"

Doch sie scheint mich nicht zu erkenne, wehrt sich heftig gegen meine Arme, die ihr hochhelfen wollen. ihr Kleid ist schmutzig geworden und weist breite Risse auf. Ihr schwarzes zerzaustes Haar hängt tief in ihr Gesicht hinab, Tränen laufen über ihre blauen Augen, die mich anstarren und mir keine Ruhe lassen. Schließlich habe ich ihr aufgeholfen, höflich wie ich bin. Es ist gar nicht angenehm, in einem New Yorker Hinterhof zu sein, wo die Häuser alt und grau sind, unglaublich hoch in den Himmel hinaufragen. Schmutzige Gardinen hinter Fenstern mit blinden Scheiben laufen in schien endlosen Reihen gen Himmel, die Wolken scheinen unendlich weit entfernt zu sein. Ich halte ihre linke Hand fest und versuche ihr Kleid wieder herzurichten, doch Sie bewegte sich zu schnell und ich hielt einen Teil ihres Kleides in meiner Fend.

„Pass doch auf!", sagte ich. „Du zerreißt dir noch dein ganzes Kleid!"

Sie wehrte sich verbissen gegen meinen Griff, schrie und riss sich los. Angst stieg in mir hoch. Ich dachte an die Gefahren außerhalb des Hofes, an die Autos und ihre rücksichtslosen Fahrer und stürzte hinter ihr her. Ich erwischte sie rechtzeitig und rang mit ihr auf dem Boden. Da ich stärker war, bezwang ich sie schließlich. Plötzlich erkannte ich, dass sie still dalag. Ich erhob mich erschöpft. Nun sah ich auch, dass ich einen Holzhammer in der Hand hielt, der blutverschmiert war. Auch meine Kleidung wies einige Spritzer auf. Mein Blick fiel dann wieder auf Jenny. Jemand hatte sie böse zugerichtet, sie war kaum noch zu erkennen. Erleichtert warf ich den Hammer beiseite. Wieder hatte ich einen einsamen Menschen vor dem Tod durch die Autos gerettet, die meine Frau vor meinen Augen zwei Wochen zuvor überfahren hatten.

Flügel

Schon oft hatte mir die Mutter gesagt, dass ich nur auf unserer Seite des Baches spielen sollte. Als ich klein war, hielt ich mich an die Anweisung. Später, als meine Beine lang genug waren, sprang ich mithilfe einer langen Stange über den Fluss. Auf der anderen Seite waren die Bäume genauso groß wie bei uns, das Unterholz genauso dicht. Mehrmals war ich schon drüben gewesen, hatte mich auf ausgetretenen Pfaden bewegt und war tiefer in den dichten Wald hineingegangen. Um mir die Rückkehr zu erleichtern hatte ich mir eine Skizze gemacht und ergänzte sie laufend. Ich fand Termitenhügel, Ameisenhaufen, Ansammlungen von dunkelroten Beeren, die ich nicht probierte. Zwischen mehreren hohen Bäumen entdeckte ich im dichten Unterholz auch eine Ansammlung von Spinnen, groß wie meine Hand, mit behaarten Beinen und vielen Augen auf dem Kopf. Dutzende von denen hockten in ihren dichten Netzen und warteten. Als sie mich bemerkten, begannen sie sich zu bewegen, langsam auf mich zu. Den mitgebrachen Stock warf ich mitten zwischen sie, drehte mich um und lief davon. Ich hasste Spinnen. Noch mehr hasste ich die Fliegen, die uns im Sommer umschwirrten und überall im Haus waren. Oftmals fing ich sie, riss ihnen die Flügel aus und steckte sie zuckend in eines der vielen Spinnennetze.

Einmal stand ich vor großen Felsen, die mitten auf einer Lichtung aufeinandergeschichtet standen. Vorsichtig schlich ich mich näher und stellte mich vor die vier senkrecht stehenden Felsen, die einen fünften waagerecht trugen. Die Felsen waren mehr als viermal so lang wie ich groß war. Als ich ein Geräusch auf der anderen Seite der Lichtung hörte, duckte ich mich hinter einen der Felsen und lugte zwischen der Spalte hervor. Nichts war zu sehen. Ich lief auf meiner Seite zurück und hoffte, dass mich niemand gesehen hatte. Am Waldrand lief ich so schnell ich konnte, da ich ein Geräusch hinter mir gehört hatte. Ein hoher Ton klang durch die Luft. Am Rand des Baches lag meine Stange. Ich nahm Anlauf, steckte sie in die Mitte des Baches und schnellte mich hinüber. Drüben zog ich die Stange heraus, warf sie auf den Boden und duckte mich hinter einen Busch. Meine Augen suchten nach einer Bewegung zwischen den Bäumen. Nichts war zu sehen. Irgendwann fiel mir auf, dass die Vögel nicht mehr sangen. Alles war ruhig. Als hätten sich die Tiere versteckt. Ich blieb eine ganze Weile liegen. Als der Ton schließlich verstummte und die die Vögel sich wieder meldeten begann ich aufzustehen. Schnell lief ich heim.

Mehrere Wochen blieb ich auf unserer Seite.

Dann sprang ich wieder über den Bach, weiter flussaufwärts als sonst. Ich folgte dem Flusslauf, stieg einen Hügel empor und konnte weit hinaus ins Land schauen. In weiter Ferne glaubte ich die Türme einer Stadt ausmachen zu können, die hell und glänzend in der klaren Sonne funkelten. Die Luft war warm und klar und sehr angenehm auf meiner Haut. Ich schloss die Augen und genoss die warme Sonne. Ein Geräusch vor mir ließ mich zusammenfahren. Eine kleine Gestalt, kaum so lang wie meine Hand, flog vor meinem Gesicht hin und her. Sie sah aus wie ein kleiner Mensch, mit silbrigen Flügeln, graue Haut, große helle einfarbige hervorwölbende Augen und lange spitze Ohren. Die Gestalt öffnete ihren Mund und offenbarte zwei Reihen spitzer Zähne. Langsam hob ich meine Hand, streckte einen Finger heraus. Das kleine fliegende Wesen wich zurück, aufgeregte Flügelschläge. Blut tropfte heran.

„Au!", rief ich aus und schlug nach dem Wesen.

Es wich zurück, mein Blut tropfte von ihren Zähnen. Mit der unverletzten Hand schlug ich nach dem Wesen. Es wich leicht aus, flog höher und bleckte die scharfen Zähne. Es begann schrille Töne von sich zu geben. Ähnlich dem Ton, den ich bei den Felsen gehört hatte. Hinter dem Wesen erschienen weitere. Angstvoll drehte ich mich um, lief den Hügel zurück. Spürte den Lufthauch ihrer Flügel in meinem Nacken. Mehrmals schüttelte ich sie ab, als sie sich an meinem Nacken oder Hals festhalten und festbeißen wollten. Am Ufer blieb ich nur kurz stehen. Meine Stange war nicht mehr da! Ich lief weiter, bis ich an eine Stelle kam, an der das gegenüberliegende Ufer nur knapp vier Schritt entfernt war. Mit aller Kraft sprang ich, erreichte das Ufer. Wäre fast rückwärts ins schnell fließende Wasser gefallen. Raffte mich auf und lief weiter. Als ich mich umdrehte, sah ich die Wesen in der Luft am Ufer schweben. Ich reckte die Faust. Denen würde ich es noch zeigen! Ich war sauer. Zuhause bekam ich Schelte, warum meine Hose mal wieder zerrissen sei. Es musste wohl passiert sein, als ich vor den Wesen durch das dichte Unterholz geflohen war.

Das nächste Mal war ich vorsichtiger. Sprang über den Bach und versteckte die Stange am Ufer im Gras. Die Stelle markierte ich mit zwei gekreuzten Ästen, die ich in die Erde steckte und zusammenband. Ich hatte einen Köcher mitgebracht, um eines der Wesen zu fangen. Ich wollte es meinen Eltern zeigen. Oder meinen Lehrern. Nach den großen Ferien.

Langsam bewegte ich mich auf den Hügel zu. Nutzte den Schatten der Bäume und hohen Sträucher. Am Fuß des Hügels sah ich eines der Wesen an einem Strauch eine kleine rote Frucht festhalten und essen. Es hörte und sah mich nicht.

Rasch stülpte ich meinen Kescher über das Wesen. Es versuchte sich zu bewegen, verfing sich im Netz. Mit der einen Hand packte ich das Wesen durch das Netz, mit der anderen griff ich hinein und versuchte es daraus zu befreien, um es schließlich in meiner rechten Hand festzuhalten. Es versuchte sich zu befreien, drückte mit den Händen gegen meine Finger. Die Flügel waren in meiner Hand geknickt. Es biss mir in den Finger. Es schmerzte höllisch, beinahe hätte ich den Griff gelockert. Wut kam in mir hoch. Die gleiche Wut, die ich vor Tagen verspürt hatte, als ich mich mit meinem älteren Bruder raufte und er mich auf den Boden warf und er mir etliche Ohrfeigen gab, bevor er mich losließ. Als ich das merkte und spürte, wie was Wesen sich versuchte zu befreien griff ich nur noch fester zu Ich schlug mit der freien Hand gegen den Kopf des Wesens und packte den einen Flügelansatz an der Schulter. Das Wesen kämpfte gegen meinen Griff an. Ich spürte, wie etwas im Wesen zerbrach. Vielleicht einige Rippen. Ich packte den Flügel und riss ihn an der Schulter heraus. Das Wesen schrie laut auf, viel lauter, als ich es von einem der Wesen erwartet hatte. Dann riss ich auch den anderen Flügel aus. Helles Blut quoll aus den Wunden. Es warf den Kopf zurück und schrie wieder. Und dann biss es mich mehrmals in die Hand. Vor lauter Wut packte ich es noch fester und lief den Hügel hinunter, zu den dichten Bäumen. Am Rand der Spinnen blieb ich stehen. Das Wesen hatte den Kopf gedreht und gesehen, wo wir uns befanden. Es strampelte und wehrte sich gegen meinen Griff. Ich packte es mit beiden Händen und warf es mitten in die Spinnennetze. Es prallte gegen einen Baum, fiel durch mehrere Netze durch und blieb zuckend in einem dichten Netz hängen und schrie. Sofort kamen die Spinnen heran. Ihre dunklen Augen folgten auch meinen Bewegungen. Ich ging zurück und drehte mich weg, als die Spinnen das Wesen erreichten. Das Wesen hörte auf zu schreien. Als ich wieder hinsah, hatten die Spinnen es in einen Kokon gepackt, mehrere Kiefer hatten sich tief in den Kokon gebohrt.

Ich hörte wieder das Geräusch, das ich beim Felsen und am Ufer gehört hatte und lief so schnell ich konnte davon. Etwas Großes und Schweres bahnte sich seinen Weg durch das Unterholz. Am Ufer mit den gekreuzten Ästen verharrte ich, suchte den Stab. Der Boden bebte, als der Verfolger heranstürmte.

Wo war die verdammte Stange?

Da, endlich! Ich packte sie.

Ein großer Schatten viel über mich, ich drehte mich
um. Ein Riese stand vor mir, wie das Wesen, nur mehr als haushoch, kräftig, ohne Flügel. Seine weißen Augen sahen auf mich herab. Dann lief ich los. Mühelos holte er mich ein, packte mich mit seiner starken Hand und hob mich hoch, dicht vor sein Gesicht. Zwei Reihen messerscharfer Zähne wurde sichtbar.

Töne kamen aus seinem Mund, schrill, brummend. Er drehte sich um und ging zu dem Bereich, wo die Spinnen waren. Er packte mich an der Brust, meine Beine und Arme hingen frei. Verzweifelt wehrte ich mich, rief nach Vater und Mutter.

Als ich den Kopf drehte, konnte ich sehen, wie der Riese in das Spinnengewirr griff, sie einfach zerquetschte. Er hob den Kokon auf, aus dem der Kopf des kleinen Wesens ragte und hielt ihn vor sein Gesicht. Dann warf er den Kopf zurück und heulte laut auf. Der Ton pflanzte sich weit fort, hallte zwischen den Bäumen wider. In seiner Bauchhöhle öffnete sich ein Hautlappen. Konnte hineinsehen. Kleine Wesen in verschiedenen Entwicklungsstufen lagen in Waben. Er legte das Wesen in eine Wabe, und die Hautfalte schloss sich wieder. Er hielt mich vor sein Gesicht.

Dann packte er meinen linken Arm.

Riss ihn aus dem Gelenk.

Ich schrie und schrie. Schmerzwellen durchfluteten mich.

Rechter Arm.

Linkes Bein.

Rechtes Bein.

Dann hielt er mich eng vor sein Gesicht.

Durch den Schmerznebel sah ich seine beiden messerscharfen Zahnreihen. Nach wenigen Augenblicken streckte er den Arm aus und ließ mich achtlos fallen. Zerschlagen landete ich auf dem Boden. Sterbend sah ich die Spinnen, die rasch näherkamen. Mein Gesicht spiegelte sich in ihren dunklen Augen.

Die Haut

Wie immer, trug der alte Mann seine Haut zu Markte, aber niemand wollte sie kaufen.

Das Sofa …

Als ich etwa acht Jahre alt war, schaute ich mir die Comicserie „Die Peanuts" mit Charly Brown und seinen Freunden an. In einer der Folgen setzte sich sein Hund Snoopy auf das Dach seiner Hütte und tat so, als würde er aufsteigen und gegen den Roten Baron kämpfen. Von Richthofen erwies sich als zäher Gegner und besiegte ihn, schoss ihn ab.

Wenig später schaute ich mir einen Film über den Roten Baron an.

Ich setzte mich im Schneidersitz auf das Sofa.

„Zündung!", rief ich.

Der Mechaniker vorne am Propeller packte einen der Flügel und riss daran. Noch einmal. Der Motor sprang an, der Mechaniker trat behände aus dem Bereich des Propellers und blieb neben dem Flugzeug stehen. Ein anderer Mechaniker stand schon auf der anderen Seite bereit. Ich nickte beiden zu, sie zogen die Keile beiseite und ich ließ das Flugzeug auf die Startbahn rollen. Langsam beschleunigte die Maschine, wurde immer schneller, vor den Bäumen riss ich den Steuerknüppel nach oben und das Flugzeug zog hoch. Gemächlich ließ ich es steigen. Als ich in etwa 2.000 Meter Höhe war, legte ich das Flugzeug waagerecht und lud die beiden Maschinengewehre durch. Hier oben fühlte ich mich frei, der Fahrtwind war kalt und beißend, ich trug eine Fliegerbrille und einen dicken Schal. In der dicken Kleidung konnte ich mich nicht so gut bewegen, sie schützte aber gut gegen die Kälte.

Ich flog Richtung Westen, mit der Sonne im Rücken. Durch die Fliegerbrille sah ich den klaren blauen Himmel, die grenzenlose Weite. Fast hätte ich einen Triumpfschrei losgelassen, beherrschte mich jedoch. Ich betrachtete die Flugzeuge um mich herum. Es war mein Geschwader, alles Angehörige des Fliegenden Zirkusses, meines Fliegenden Zirkusses. Denn ich war der Rote Baron in meinen Fokker Dreidecker DR.I.

Durch die aufgegangene Sonne in unserem Rücken konnten uns die alliierten Flugzeuge, die ebenfalls aufgestiegen waren und auf gleicher Höhe uns entgegenflogen, erst spät ausmachen. Ich sah nach links und rechts und hob die Hand. Die anderen Piloten nickten, einige stiegen höher, andere drehten nach links ab, um die Engländer und Franzosen in der Flanke zu packen.

Heran

Wildes Kurven, Maschinengewehre hämmerten. Ich wich dem Beschuss aus, Hände am Steuer und an den Auslösern der beiden Maschinengewehre. Im Gegensatz zu den Alliierten konnten wir aufgrund einer geschickten Mechanik durch den Propeller schießen, wenn sich ein Flügel gerade mal nicht vor der MG-Mündung befand. Bei den Alliierten waren die Maschinengewehre auf dem oberen Flügel angebracht, was das Zielen und Feuern schwieriger machte. Ein Engländer tauchte im Fadenkreuz vor mir auf. Ich schoss und schoss und sah, wie die Einschläge über den Flugzeugkörper tanzten. Das Flugzeug fing Feuer, schmierte ab. Ich sah ihm kurz hinterher. Dann griffen mich weitere Flugzeuge an. Ich wich allen aus, jagte sie, schoss sie ab…fühlte mich frei und gut…

„Johannes!", rief meine Mutter. „Räum´ endlich Dein Zimmer auf!"

Der Kreisverkehr

„Wie lange noch?" jammerte Anton und sah hinaus.

Der Vater saß ihm gegenüber, sah von seinem Monitor auf, nahm einen Ohrstöpsel raus und meinte: „Den Anzeigen nach noch eine halbe Stunde. So lange musst du noch durchhalten."

Seine Frau sah von ihrem Monitor auf und blickte hinaus.

„Wir erreichen die Ausläufer der Stadt. Das ist sehr gut. Schau mal, sie pflanzen neue Bäume beiderseits der Chaussee."

Die Tochter sah nur kurz auf, widmete sich dann wieder dem Gerät in ihren Händen. Fleißig tippte sie etwas hinein, las, kicherte, tippte, las, ...

Der Vater betätigte blinzelte wegen der Sonne, die direkt in das Fahrzeug schien. Die Kuppel war komplett durchsichtig. Er blätterte das Menü auf dem Monitor durch, fand das Einstellungen-Feld, öffnete es und tippte auf *Verdunkelung Dach 25 %*. Die Farbe der Kuppel änderte sich, die Sonnenstrahlen wurden umgehend abgemildert.

Anton war auf den Rundsitz gestiegen und sah hinaus. Er beobachtete die anderen Fahrzeuge und den Himmel, die hohen Gebäude. Die andren Fahrzeuge ähnelten ihrem: Eine Kuppel auf einem Unterbau. Anton wusste, dass im hinteren Bereich sich die Koffer befanden, die sie mit auf die Reise genommen hatten, im vorderen war der Motor. Angetrieben wurde das Fahrzeug elektrisch, der Strom kam über die in der Straße verlegten Bänder. Das hatte er schon im Kindergarten gelernt, als die Betreuerin mit ihnen das Thema Stadt besprach.

Hier im Auto saßen sie alle um den Tisch herum. Gesteuert wurde das Fahrzeug durch die automatische Steuereinrichtung, GPS gestützt, Sensoren prüften laufen den Abstand zu anderen Fahrzeugen, den

Straßenrändern, veranlassten automatisch den Wechsel von Fahrbahnen und das Abbiegen. Niemand brauchte mehr seinen Wagen zu steuern. Alle hatten Zeit für sich, lasen, lernten, spielten. Einige Kuppeln waren auch komplett abgedunkelt. Für Paare, die allein sein wollten.

Der Vater las einen Artikel über die neuesten Erfindungen in der Raumfahrt. Er rief Anton zu sich, der den Rundsitz entlang ging und sich in seinen Schoss setzte.

„Schau mal, Anton, hier sind die neuen Raumschiffe, die wir planen. Wir werden dann nicht nur zum Mars fliegen, sondern auch noch viel weiter. Dein Vater hatte die Behausungen für die Marskolonie Clarke geplant. Die kam nach der Asimov, Heinlein, Herbert, Dick und Vance. Jetzt planen wir einige selbstaufblasbare Stationen für die Besiedlungen der Planeten und einiger Kometen. Um die Behausungen gegen Meteoriten zu schützen, wird PlaBeton von außen aufgesprüht. Du siehst, mein Sohn, alles ist möglich. Wir Menschen verlassen die Erde und erobern das Sonnensystem. Uns sind keine Grenzen gesetzt. Alles ist möglich!"

Anton war es langweilig geworden. Er tobte über die Sitzreihe, der Vater versuchte ihn zu beruhigen, ergriff ihn und zog ihn heran. Anton wehrte sich und fiel auf den Tisch. Ein Monitor zersplitterte. Antons schrie auf, der Vater zog ihn weg und untersuchte ihn. Anton hatte sich erschrocken, nur einige Kratzer.

Der beschädigte Monitor flackerte, Befehle zuckten über den Bildschirmrest. Der Vater schimpfte mit Anton, die Mutter nahm ihn in den Arm, tröstete den weinenden Jungen, der sich erschrocken hatte.

Der Vater versuchte den Monitor auszuschalten. Immer wieder flackerten Anweisungen über den gesplitterten Monitor. Anscheinend waren Tasten beim Sturz festgehakt. Der Wagen ruckte plötzlich, wurde schneller, langsamer. Sie sahen sich um. Die anderen Fahrzeuge vergrößerten den Abstand. Andere Fahrzeuginsassen blickten zu ihnen herüber. Der Vater versuchte verzweifelt den Monitor zu säubern und wieder ans Laufen zu bekommen.

Nichts funktionierte. Sie erreichten den großen Platz in der Mitte der Stadt, wo sich die Hauptstraßen trafen, sechs breite Straßen führten hin und von dem riesigen Platz. In der Mitte befand sich auf einem Plateau das Model einer Mondstation in Originalgröße.

Der Wagen ruckelte nach links und rechts, wurde wieder schneller und langsamer. Das Wort FAILURE blinkte auf dem beschädigten Monitor, dann auch auf den anderen Monitoren. Der Wagen steuerte vom Rand des Platzes zielstrebig auf die Mitte zu. Andere Fahrzeuge wichen ihnen aus, stoppten. Sie umkreisten den Mittelpunkt des Platzes.

Einmal

Mehrmals

Nach einer halben Stunde begann der Wagen zu ruckeln, wurde langsam, blieb schließlich stehen, direkt an der kniehohen Basaltplatte, auf der die Mondbasis stand. Alle vier größeren Monitore waren ausgefallen. Der Vater war außer sich, schimpfte mit Anton, die Mutter beschützte Anton, Anton weinte in den Armen der Mutter, die Tochter schaute sich alle nur angenervt an, tippte weiter.

Die anderen Fahrzeuge fuhren eng an ihnen vorbei.

Der Vater wollte per Knopfdruck den plateaunahen Bereich der Kuppel öffnen, kurzer Stromstoß blitzte auf. Er öffnete den Bereich per Hand, entriegelte dazu zwei Befestigungspunkte und schob die Kuppel hinauf. Die Luft war warm und nicht mehr gefiltert wie im Auto.

Der Vater stieg aus, trat auf die Plattform. Er winkte seiner Familie auszusteigen.

„Hier oben ist es sicherer. Wer weiß, ob nicht doch ein Wagen reinfährt!"

Die andern meckerten, stiegen aber auch aus.

Der Vater wies auf das Denkmal. Sie umrundeten das Bauwerk. An zwei Stellen gab es Stufen nach oben. Sie gingen nach oben und setzten sich in die Mitte der Gebäude.

„Was kommt jetzt?" erkundigte sich die Mutter. „Erik, was machen wir jetzt?"

Erik war stehengeblieben, kratzte sich am Kopf.

„Ich werde Hilfe holen. Das Wichtigste war erstmal, dass wir in Sicherheit sind, wenn etwas mit dem Wagen passiert."

Er holte seinen Kommunikator aus der Tasche und aktivierte ihn. Erik rief den Kommunikator an. Eine sanfte Stimme meldete sich.

„Hier Kommunikator Viktor! Wie kann ich helfen?"

„Hier Erik Hauser. Meine Familie und ich sitzen auf dem Denkmal der Mondbasen in der Mitte vom Platz der Astronauten. Unser Auto ist defekt und blieb direkt am Denkmal stehen. Wir brauchen jemanden, der uns hier abholt!"

„Was für ein Auto fahren sie?"

„Einen Grandvision 3.4."

„Die Autos können nicht kaputt gehen, sie werden automatisch gewartet. Warum ist der Wagen kaputt gegangen?"

„Mein Sohn ist auf den Steuertisch gefallen, einer der Monitore ging kaputt, Befehle wurden wiederholt, ich konnte das System nicht stoppen und neu starten!"

„Seltsam."

„Es ist mir egal, ob sie das seltsam finden. Wir sind hier oben auf dem Denkmal und veranlassen sie, dass wir hier abgeholt werden!"

„Wir müssen erstmal klären, warum der Schaden passiert ist. Versicherungsgründe!"

„Ich wiederhole mich gerne: Mein Sohn ist drauf gefallen. Deswegen ist einer der Monitore ausgefallen, die anderen sind auch rasch ausgestiegen, der Wagen steuerte auf die Mitte des Platzes zu und wir fuhren mehr als eine halbe Stunde um das Denkmal herum. Jetzt steht der Wagen und wir sitzen hier oben. Holen sie uns endlich ab!"

„Ich werde jetzt direkt meinen Vorgesetzten informieren. Ihre Geschichte klingt unwahrscheinlich. Warten sie, wir melden uns bei ihnen unter der eingeblendeten Nummer!"

Erik ließ den Kommunikator irritiert sinken.

„Was soll das denn?"

Anton jammerte, dass er Hunger und Durst hatte. Erik wies seine Tochter an, ihm zu folgen. Sie gingen den Weg zurück. Sie erreichten das Plateau, gingen herum. Am Auto blieben sie stehen. Die Tochter stieg in den Wagen und holte zwei Taschen raus, in den Kleinigkeiten verstaut waren. Dann trat sie wieder auf das Plateau. Der Vater war auf die Straße getreten, hatte den Kofferraum geöffnet und holte zwei große Taschen heraus. Er kramte noch im Kofferraum, als seine Tochter aufschrie. Er sah hoch, erblickte den auf ihn zukommenden Lastwagen und sprang auf das Plateau, lief zur Tochter. Der Lastwagen traf ihren Wagen hinten und zerdrückte den Kofferraum. Die Kugel zersplitterte. Die zehn Achsen des Lastwagens überrollten den Wagen, zermalmten alles, was im Kofferraum gewesen war. Der Monitor wurde in Kleinteile zerrissen. Der Lastwagen fuhr weiter. Der Vater drückte seine Tochter an sich.

„Danke, dass Du gerufen hast!", sagte er und drückte sie.

Sie gingen zurück zur Familie, wo die Tochter den Vorfall ihrer Mutter berichtete. Anton bekam etwas zu essen.

Wenig später rief der Kommunikator Viktor wieer an. Er schaltete zu seinem Vorgesetzten durch – Kommunikator ersten Ranges Gilbert.

„Wir sind eine Gesellschaft, in der Ruhe und Ordnung vorherrscht. Alle und alles hat seinen festen Platz. Wie lautete das Codesignal ihres Autos?"

Erik kratzte sich am Kopf und nannte eine Nummer.

„Diese Nummer hat aufgehört zu senden. Es gibt keinen Hinweis, wo sich das Fahrzeug befindet. Es ist ausgeschaltet oder der Sender ist zerstört worden."

„Ein Lastwagen ist über den Wagen gerollt!" Erik war entnervt von der KI-Stimme des Vorgesetzten. „Kommen Sie hier vorbei und sehen sie es sich selbst an! Holen Sie uns endlich hier raus!"

„Bürger Hauser, nicht in diesem Ton. Sonst muss ich die Verbindung unterbrechen!", meinte Gilbert lächelnd.

Erik starrte den Kommunikator an, wo das perfekte Gesicht von Gilbert entgegenlächelte.

„Wir sind hier auf dem Denkmal für die Mondbasen in der Mitte vom Platz der Astronauten gestrandet. Wir sind müde und wollen nachhause! Schicken Sie ein Fahrzeug!"

„Das können wir erst, wenn Sie sich ausweisen können, Bürger Hauser."

Gilbert blieb ruhig.

Erik griff in seine Hosentasche. Seine Ausweistasche war weg. Er dachte nach. Und dann fiel es im ein, dass er die Ausweistasche so wie immer auf die Ablage im Auto gelegt hatte. Und der Wagen...

„Mein Ausweis war im Auto, was überrollt wurde!", sagte er laut und drehte den Kommunikator so, dass seine Familie ins Bild kam.

„Das hier ist meine Familie. Wir sind müde und hungrig und wollen nur nachhause!"

Gilbert blieb ruhig.

Er schien etwas vor ihm zu lesen.

Dann blickte er wieder Erik an.

„Erik Hauser und seine Familie waren auf Korsika, in der Unterwasserresidenz Maritima für zwei Wochen untergebracht. Sind sie das?"

Erik nickte, sagte „Ja", weil Gilbert nicht darauf reagierte.

„Und sie sagen, dass Sie mit dem Wagen zurückgefahren sind und dass ihr Sohn einen der vier Hauptmonitore zerstörte und der Wagen daher um das Denkmal fuhr, stoppte. Sie stiegen aus und ein Lastwagen zermalmte den Wagen. Ist das ihre Geschichte?"

„Ja. Und jetzt kommen Sie endlich und holen uns hier ab!"

Gilbert blieb ruhig, hob beschwichtigend eine Hand.

„Alles zu seiner Zeit! Erst müssen wir klären, wer und was Sie sind."

Erik sah sich um. Im Westen begann die Sonne hinter den hohen Gebäuden zu versinken. Erik wandte sich wieder an Gilbert.

„Es wird langsam Nacht. Sorgen Sie endlich dafür, dass jemand hierherkommt!"

Gilbert sah zur Seite und nickte. Er sah Erik an.

„Wir schicken einen Wagen, der sie abholen soll!"

„Danke!"

„Wann wird der Wagen da sein?"

„Ich denke mal eine halbe Stunde!"

Gilbert unterbrach die Verbindung.

Erik wandte sich an seine Familie. „Ihr habt es gehört. Ein Wagen komm und holt uns hier ab."

„Können wir uns die Basis anschauen?"

„Die Gebäude sind bestimmt abgeschlossen!"

„Nein!", sagte die Tochter und öffnete eine der nächsten Türen. „Die Tür ist offen!"

„Wir warten trotzdem hier!"

Sie beobachteten in weiter Ferne Licht, das sich langsam im Kreisverkehr auf sie zu bewegte. Als es

200 Meter entfernt war, begannen die Fahrzeuge direkt um den Mittelpunkt des Kreises schneller zu fahren. Ein riesiger Lastwagen rammte den Wagen, überrollte ihn. Die Leute auf der Insel beobachteten fassungslos das Geschehen. Nach dem Unfall fuhren die Fahrzeuge wieder langsamer im Kreis um die Insel. Der Vater sah. wie vom Donner gerührt auf die Stelle, wo noch die Überreste des Rettungsfahrzeuges glommen.

„Was machen wir jetzt?", fragte die Frau.

Der Vater schwieg. Was sollte er jetzt auch sagen?

Er rief den Kommunikator an. Viktor meldete sich wieder. Er bedauerte den Zwischenfall, dann flackerte das Bild, Gilbert tauchte auf. Er nannte es seltsam, dass es gerade ihnen passiert war. Ein neues Fahrzeug würden sie nicht schicken. Erst morgen würden sie weitere Schritte wahrnehmen. Bevor der Vater noch was sagen konnte, erlosch die Verbindung.

Der Vater konnte niemanden erreichen. Als wäre das System vollständig gestört. Er konnte sich das nicht erklären, zeigte seiner Frau den Kommunikator und wie die Verbindungen nicht aufgebaut wurden. Auch sie schüttelte mit dem Kopf.

„Schräg!", meinte sie.

Die beiden Kinder gingen in das Bauwerk hinein. Nach wenigen Minuten kamen sie wieder heraus.

„Alles da drin funktioniert!", meinte die Tochter.

„Angela! Was hast Du wieder angestellt?", begann die Mutter.

„Gar nichts!", beteuerte Angela. „Aber als wir eintraten, ging das Licht an. Ich war kurz auf der Toilette. Alles war sauber. Als würde da jemand wohnen!"

Die Eltern sahen sich an. Langsam wandten sie sich um zum Gebäude.

„Wo ist Anton?"

„Er musste auch mal auf die Toilette, und ist dann auf die andere gegangen!"

Sie gingen zum Gebäude, betraten es. Deckenlicht brannte. Die Apparate links und rechts der Tür waren eingeschaltet. Im Gegensatz zum Mond hatte das Gebäude keine Schleuse, in der die Mondfahrer erst mal warteten, bis ein Druckausgleich mit dem Inneren der Behausung erfolgte.

Geräte blinkten. Der Vater wusste genau, was sie anzeigten. Er deutete auf die großen Monitore.

„Hier sind die wichtigen Daten abgebildet, die auf dem Mond überlebensnotwendig waren: Datum, Uhrzeit, Position, Sauerstoffgehalt, Temperatur innen und außen, Luftdruck innen und außen, Wer befindet sich in dem Gebäude und wo, gibt es irgendwo Lecks und andere Beschädigungen der Hülle, sonstiges. Alles genauso wie auf dem Mond. Ich war ja oft genug da!"

Sie gingen den Gang weiter. Nach wenigen Metern endete er an einer Schleuse, links und rechts waren Unisex-Toiletten. Aus der rechten kam Anton. Er blieb stehen, als er seine Eltern und seine Schwester unvermittelt vor sich auftauchen sah.

„Ach gut, dass ihr da seid. Wart ihr schon hinter der Schleuse?"

Der Vater schüttelte den Kopf.

„Wieso fragst Du?"

„Weil ich von der anderen Seite Stimmen gehört habe. Ich dachte, dass ihr das seid!"

„Nein, wir waren die ganze Zeit hier!" Der Vater musterte die Schleuse.

„Auf der Anzeige" – er wies mit dem Daumen über die Schulter – „Waren nur wir vier abgebildet. Wenn noch jemand hier wäre, müsste dies angezeigt werden. Seltsam, bist Du dir ganz sicher, Anton?"

Anton nickte heftig.

Der Vater wies die Familie an, beiseitezutreten und stellte sich vor die Schleuse. Sie war rund und sah stabil aus. Er wusste, dass sie bei einem Hüllenbruch in dem Bereich, in dem sie sich gerade aufhielten, den Druck dahinter bewahren würden. Er atmete tief ein und aus und drückte auf den Öffnungsknopf. Die Schleuse öffnete sich, rollte nach rechts. Licht war angesprungen. Dahinter war ein Gang, der nach links abbog. Alles still. An den Wänden war eine Mondszene aufgemalt, aus den Zeiten des Anfangs, links als die ersten Menschen auf dem Mond landeten und rechts als die ersten dauerhaften Behausungen errichtet wurden. An der Decke war der Sternenhimmel abgebildet.

Sie betraten den Gang, hinter ihnen schloss sich die Schleuse wieder. Sie erreichten die Gangbiegung und sahen nach links. Ein Lift. Der Raum dahinter war durch die durchsichtige Tür gut auszumachen. Vater und Mutter sahen sich an. Der Vater drückte auf den Knopf, die durchsichtige Tür öffnete sich, sie stiegen ein.

Der Vater zögerte.

„Vielleicht sollten wir die Kinder draußen lassen!", meinte er. „Falls..."

Seine Frau schüttelte den Kopf.

„Wir gehen besser alle zusammen!"

Der Vater drückte auf den Knopf nach unten. Es gab keine Stockwerksanzeige. Nur den Knopf nach unten und darüber den nach oben. Sonst nichts. Dir Türen schlossen sich. Der Lift glitt nach unten. Sie sahen sich neugierig um. Das Licht an der Decke beleuchtete auch die Wände des Liftschachtes, die hinter den durchsichtigen vier Liftwänden gut zu erkennen waren.

Nach einigen Augenblicken stoppte der Lift. Sie sahen einen hell erleuchteten Raum. Die Türen öffneten sich. Sie stiegen aus und standen in einem weiten zwei Stockwerke hohen hell erleuchteten Raum. Überall standen Rechner, Lichter blinkten. Weißgekleidete Gestalten bewegten sich zwischen hohen

Rechnertürmen. Zwei kamen auf sie zu. Sie erinnerten an Zwillinge. Sie blieben vor der Familie stehen und sahen sie an. Der Vater fühlte sich unbehaglich angesichts der Blicke.

Die beiden hoben simultan die rechte Hand. Sie zeigte in der Mitte einen kleinen roten Punkt, der leuchtete. Der Vater hob auch die rechte Hand zum Gruß. Die Mutter und die Kinder folgten seinem Beispiel.

„Wir hatten eine Autopanne direkt am Rondell und suchten hier Schutz!", meinte der Vater und lächelte.

Die beiden anderen lächelten nicht, sahen ihn nur an.

Eine unbequeme Pause trat ein.

Da begann der eine zu sprechen.

„Wie kommen Sie hierher? Verbotener Bereich ohne Zugangsberechtigung!"

„Wie ich schon sagte, wir hatten eine Autopanne...", der Vater wies zurück. „Oben, direkt am Rondell...!"

Weitere weißgekleidete Personen erschienen und standen um die Familie. Sechs, sieben, neun, schließlich zehn umringten sie. Sie beschlich ein seltsames Gefühl.

Die zehn traten wie auf einen geheimen Befehl zurück. Eine weitere Person erschien, schlanker, größer. Sie trat heran, stellte sich vor den Vater.

„Nennen Sie mich Nemo. Ich leite das alles hier. Wie ich erfuhr, hatten Sie eine Autopanne am Rondell und sind über den Lift hierhergekommen!"

Der Vater nickte.

Nemo nickte mehreren Personen auf der linken Seite zu, sie entfernten sich zum Lift, fuhren mit ihm nach oben.

„Wo...wo sind wir hier, und was ist das für eine Abteilung?", fragte der Vater. Er deutete auf die Rechner.

„Das hier," sprach Nemo, „ist das Herzstück der gesamten Anlage, die sie als Die Stadt kennen. Hier laufen alle Befehle zusammen. Alles wird von hier gesteuert. Die Fahrzeuge, die Häuser ... selbst die Bewohner!"

Er deutete auf die rechte Hand des Vaters, ergriff sie, drehte die Handfläche nach oben und drückte auf mehrere Stellen am Handballen. In der Mitte der Handfläche begann ein roter Punkt zu blinken. Andere Personen ergriffen die rechten Hände der Familie, taten es Nemo gleich. Bei allen drei begann in der Mitte der Handfläche ein rotes Licht zu blinken.

Plötzlich hoben alle Anwesenden die rechte Hand bis zur Brust, der Punkt leuchtete jetzt bei allen.

„Wir sind die Bewohner der Stadt. Wir sind alle gleich. Die Menschen sind von uns gegangen, wir sind gekommen. Bei uns herrscht Frieden und Wohlstand," riefen alle synchron. „Wir alle sind verantwortlich für die funktionierende Gesellschaft. Wir alle sind gleich!"

Alle senkten die Hände.

Die Familie fuhr mit dem Lift nach oben. Drei Personen erwarteten sie und geleiteten Sie an den Rand des Rondells. Dort wartete ein neuer Wagen auf sie. Die Familie stieg ein und fuhr los. Sie blickten nicht zurück.

Die Stimme

Thomas telefonierte mit seiner Freundin. Sie befand sich zuhause, mit ihrer Mutter und ihrer Tochter. Sie sahen sich häufig, sprachen jeden Abend miteinander. Beide empfanden es gut, die Stimme des jeweils anderen zu hören.

„Ja, wir waren heute unterwegs, Mutter, Dorothee und ich!" sprudelte es aus Sophia heraus. „Wir mussten noch ein Nachthemd für Hermine kaufen, für ihren Krankenhausaufenthalt und ein neues Kleid für Alicia!"

„Und wo wart ihr?"

„Wir waren bei Apples and Brumbles, Woolworth, Changing clothes, ..." Sie nannten noch einige Geschäfte, die Thomas allesamt nicht kannte.

Er liebte die Gespräche mit Sophia. Er verstand nicht viel von Frauen und nahm ihre Allüren, ihr Verhalten und ihre sprudelnde Kommunikation einfach auf. Seit seiner Ehe war er nur mit wenigen Frauen ausgegangen. Sophia war seine erste feste Beziehung. Sie kannten sich seit anderthalb Jahren, waren seit einem Jahr zusammen. Sophia hatte sein Leben völlig umgekrempelt. Er trug jetzt bequeme Kleidung, achtete mehr auf sein Äußeres. Er hatte sich sogar ein neues Duftwasser gekauft.

„Wann sehen wir uns wieder?", fragte er.

Kurze Pause. „Ich denke am Samstagnachmittag, da kann ich zu Dir kommen. Haben wir mehr Ruhe!"

„Samstagnachmittag klingt klasse. Ich werde wieder etwas zu essen vorbereiten..."

Lärm bei Sophia im Hintergrund.

„Die Hunde im Garten spielen verrückt!", meinte Sie. „Ich gehe mal nachschauen, was los ist..." Er hörte, wie sie ihre Mutter rief und das Telefon und somit auch ihn durch das Haus mitnahm. „So, bin jetzt unten, an den Gartenfenstern... die Hunde..."

Sie schrie so laut, dass er das Gefühl hätte, sie würde neben ihm stehen. Thomas zuckte zusammen. Und sie schrie weiter. Eine tiefe gutturale Stimme erklang, sehr tief und fest, rief Worte in einer unbekannten Sprache.

„Sophia! Sophia! " rief er ins Telefon. „Lauf weg und hol die Polizei!"

Ein Schrei von Sophia, weitere gutturale Worte, dann brach das Telefonat ab. Thomas blickte auf den Telefonhörer, ungläubig. Dann rief er die Polizei an und teilte mit, dass er am Telefon mit angehört hätte, wie seine Freundin überfallen worden wäre. Er nannte Sophias Adresse, seinen Namen und seine Adresse. Dann lief er durch das Wohnzimmer, in den Flur, ergriff die Schlüssel in einer Schale auf der Kommode, eine Jacke und öffnete die Tür ins Treppenhaus. Wie üblich steckte er den Wohnungsschlüssel, den er innen einsteckte, ins Schloss außen, bevor er die Tür verschloss. So konnte er sicher sein, dass er den Schlüssel immer bei sich hatte, wenn er die Tür schloss. Einmal war er so in Eile gewesen, dass er es vergessen hatte, und stand dann im Treppenhaus. Er schloss ab und eilte die Treppe hinab. Der Wagen stand in einem Carport vor dem Haus. Er stieg ein und fuhr los. Heute Abend war es ruhig auf den Straßen und er kam gut durch. Eine Viertelstunde nach dem Anruf parkte er vor dem Haus. Ein Polizeiwagen war da, blaues Blinklicht. Ein Polizist stand in der geöffneten Fahrertür, beugte sich hinein und stellte das Blaulicht ab. Thomas trat heran. Der Polizist fragte ihn, was er wolle. Er nannte seinen Namen und dass er sie gerufen hatte, weil seine Freundin am Telefon so laut geschrien hätte. Der Polizist winkte ihn durch. Die Haustür war offen, er trat ein. Sophias samt Mutter und Tochter waren im Wohnzimmer. Eine Polizistin stand vor ihnen und machte Notizen.

„Sophia!" rief er

Er eilte mit ausgebreiteten Armen auf sie zu.

Sophia sah ihn an, blieb sitzen. Er umarmte sie. Sie blieb teilnahmslos, auch als er sie küsste.

„Wie geht es Dir! Was war los?"

„Es war nichts!", meinte Sophia tonlos. „Etwas hat die Hunde erschreckt. Als ich hinkam, konnte ich nichts Auffälliges sehen."

„Aber Du hast doch so laut geschrien, und dann diese grauenvolle Stimme…"

Sophia schüttelte den Kopf, sah nach unten.

„Alles ist gut. Uns geht es gut. Das war nur kurz meine Überraschung. Da war keine andere Stimme. Du musst dich verhört haben, Thomas!"

Sie sprach seinen Namen aus wie den eines Fremden. Sah ihn nicht an. Ihre Mutter und ihre Tochter blickten ebenfalls zu Boden.

„Hat es mit Peter zu tun?"

Peter war Sophias Exmann und an sich hatte es immer etwas mit Peter zu tun. Er geisterte immer noch durch Sophias Leben.

Sie schüttelte den Kopf.

„Hat nichts mit Peter zu tun!"

Die Polizistin klappte ihren Notizblock zu.

„Es sieht nicht nach einem Einbruch aus, ihre Freundin hat keine Straftat gemeldet. Es ist offensichtlich alles ein Missverständnis gewesen. Wir fahren wieder!", sagte die Polizistin, steckte den Notizblock weg und verließ das Wohnzimmer.

Thomas blickte ihr nach, bis sie das Haus verließ. Er hatte das Gefühl, mit ihr auch einen Anker hier zu verlieren. Sophia und die beiden anderen sahen auf den Boden. Plötzlich hoben alle drei die Köpfe.

„Es ist nichts, … Thomas!", sagte Sophia. „Lass uns bitte allein!"

„Aber was ist passiert? Warum hast du so geschrien?"

„Aus Überraschung. Das war alles. Wir möchten, dass Du wieder gehst. Alles in Ordnung!"

Thomas stand unschlüssig da, sah die beiden an.

„Gut, wenn du meinst, dann gehe ich. Sehen wir uns dann morgen?" Sophia zögerte kurz, sah zu ihm hinauf, dann wieder auf den Boden.

„Morgen haben wir einiges vor, ... Thomas!"

„Ich möchte Dich unbedingt sehen!", meinte Thomas. „Vor allem, nachdem was heute hier passiert ist!"

„Es ist nichts passiert!" versicherte sie ihm, schaute hoch, lächelte verkrampft.

„Na gut, dann gehe ich, aber ich komme morgen Abend wieder. Wir müssen reden!"

Sophia nickte. Er ging. Draußen blieb er stehen und schaute durch das Küchenfenster hinein. Er konnte bis auf die Couch ins Wohnzimmer sehen. Alle drei schauten ihn unverwandt mit großen Augen an. Thomas fühlte sich unwohl, ging zu seinem Auto, stieg ein und fuhr los.

Zuhause setzte er sich auf die Couch, trank Wein. Irgendwann ging er zu Bett.

Am nächsten Tag arbeitete Thomas normal. Sophia meldete sich nicht wie üblich per Nachrichtendienst bei ihm. Er schrieb sie nach der Mittagspause an. Sophia meldete, dass alles in Ordnung sei und dass sie das heutige Treffen absagen wollte. Sie fühlte sich nicht gut. Thomas überlegte.

Nach der Arbeit fuhr er heim, aß etwas, setzte sich auf die Couch ins Wohnzimmer und überlegte. Er schaltete den Fernseher ein, besah sich die neuesten Nachrichten. Als es 1900 Uhr wurde schaltete er den Fernseher aus, stand auf, verließ die Wohnung.

Während der Fahrt zu Sophia überlegte er, ob er das Richtige tat.

Er kam gut durch, parkte in der Nähe ihres Hauses, stellte sich vor die Tür und wollte klingeln, Da öffnete Sophia die Tür.

„Ich habe Dich kommen gesehen!", sagte sie, als

sie sein erstauntes Gesicht sah.

Er trat ein. Sie schloss die Tür hinter ihm, trat durch den kurzen Flur ins Wohnzimmer. In der offenen Küche links stand die Mutter und schmierte ein Butterbrot. Sie sah kurz auf, als er sie grüßte, grüßte tonlos zurück. Sie setzten sich auf die Couch. Sophia sah genauso aus wie gestern. Hatte sie in den Sachen auch geschlafen? Die Mutter setzte sich in den Sessel. Sie stellte den Teller vor sich ab. Butterbrot, belegt mit Fleischwurst und Tomaten, mundgerecht geschnitten.

„Seit wann isst Du Tomaten? Ich dachte Du magst keine!!", sagte Thomas.

Sophia und ihre Mutter sahen sich an, dann schob die Mutter den Teller zu Sophia hinüber.

„Das hat sie für mich gemacht!", meinte Sophia und aß ein Stück des Butterbrotes.

Thomas war verwirrt.

„Was ist hier los?"

Beide sahen ihn an. Er stand auf, ergriff Sophia sanft am Arm und schob sie in den nächsten Raum. Es war ihr Arbeitszimmer. Hier saß sie oft am Rechner und bearbeitete gerade Steuersachen ihrer Mandanten.

Thomas drückte sie sanft zum Schreibtisch, schloss die Tür hinter sich.

„So, sag mir jetzt, was hier los ist?"

Sophia sah ihn direkt an, ihre Augen…hatten sich verändert, wirkten größer.

„Es ist etwas passiert, was Du nicht verstehen kannst, Thomas. Deswegen möchte ich, dass wir uns nicht mehr wiedersehen. Meine Welt hat sich radikal verändert."

„Ich verstehe nicht…"

Sie ließ den Kopf nach hinten sinken, ihr Gesicht sah zur Decke. Sie streckte den Arm aus und mit einer Stimme, die wie die Stimme gestern aus dem Mobilfunkgerät erklang, laut und guttural und nicht für menschliche Stimmbänder gemacht, rief Sophia: „Du Mensch! Sklaven seid ihr alle! Unsere Sklaven! Wir haben Euch erschaffen und wir bestimmen euer Geschick! Mensch, wie kannst Du es wagen, uns zu trotzen!"

Als sich ihr Kopf langsam nach vorne bewegte, hatte sich ihr Gesicht völlig verändert.

Die Augen wirkten riesig und dunkel, Nase und Mund klein.

„Mensch! Du trotzt Deinen Göttern! Frevler!"

Sie hatte die gleite tiefe gutturale Stimme wie gestern über Telefon. Sie war zurückgetreten und wies mit ausgestrecktem Arm auf ihn.

„Wie kannst Du es wagen, uns zu trotzen!"

Thomas schrie auf, drehte sich um, riss die Tür auf, da standen ihre Mutter und Tochter.

Beide wiesen mit der Hand auf ihn und riefen unisono: „Frevler! Gotteslästerer! Sklave!"

Thomas schrie auf und lief an ihnen vorbei zur Tür.

„Du wirst uns nicht entkommen! Frevler! Wir sind viele!" hörte er hinter sich.

Die Tür war abgeschlossen. Er drehte hastig den Schlüssel herum, Schritte, er wagte nicht, sich umzudrehen. Hinaus. Zum Auto. Nestelte an der Hosentasche, die Schlüssel fielen ihm heraus. Er klaubte sie vom Boden. Er blickte zum Haus. Alle drei standen vor der Tür und wiesen mit ausgestrecktem Arm auf ihn. Sie sagten nichts.

Thomas schloss den Wagen auf, setzte sich hinein, reflexartig schloss er hastig den Gurt. Der Wagen setzte zurück, er wendete und fuhr auf den Kreisverkehr, bog zur Stadt ab. Er fuhr zu schnell. Ein Wagen setzte aus einer Parklücke, er fuhr auf und schlug in den Airbag auf. Benommen registrierte er die Hupe, die permanent ging. Mühsam lehnte er sich zurück. Die Hupe verstummte. Sein Gesicht

schmerzte. Die Brille hatte sich in deinen Nasenbrü-
cken gegraben.

Er stieg aus. Die Motorhaube war eingedrückt.
Der andere Wagen hatte einen eingedrückten Koffer-
raum, die Klappe war aufgesprungen. Eine Frau war
ausgestiegen, stand leicht benommen neben dem
Wagen. Andere Menschen traten aus den Häusern.
Langsam trat er zur Frau.

„Haben Sie etwas abbekommen?", fragte er.

„Sind sie verletzt?"

Sie schüttelte den Kopf und wies mit ausgestrecktem Arm auf ihn. Alle Menschen um ihn herum wiesen mit dem ausgestreckten Arm auf ihn.

Thomas begann zu schreien.

Ein Traum

Wer ist es, der unser Lachen fängt,
unser Leben in Händen trägt?
Der uns auffängt, wenn wir fallen?
Der uns tröstet, wenn es uns schlecht geht?
Wer hilft uns auf, wenn wir gestürzt sind?
Wer wischt die Tränen aus unserem Gesicht?
Wer kümmert sich um unsere geschundenen Körper?
Wer wärmt unsere kalten Seelen?

Niemand

Atemsitzung 1

Stehe mit dem Rücken an einer Wand, Backstein-
mauer. Vor mir eine weitere Mauer. Der schmale
Weg dazwischen ist asphaltiert. Merke, wie sich die
Wand mir gegenüber langsam absenkt. Dahinter
sehe ich eine grüne Wiese, Bäume, einen blauen
Himmel. Steige über den Rest der niedrigen Mauer.
Gras umgibt meine Füße. Trage einfache Schuhe,
kann den Boden unter meinen Sohlen spüren. Gehe
durch grünes Gras, genieße die Wärme der Sonne
auf meinem Gesicht. Der Himmel ist blau und klar.
Erreiche einige Bäume. Sie sind hoch, die Wipfel weit
ausladend. Höre Vögel singen. Schmetterlinge fliegen umher, einer landet auf meiner erhobenen
Handfläche. Beobachte die Flügel des Schmetter-
lings, der sich kurz ausruht und dann weiterfliegt.
Kinder spielen zwischen den Bäumen, singen, lachen, hüpfen. Ihr Lachen erfüllt den Himmel, lässt
meine Seele vibrieren. Ich gehe weiter, verlasse die
Bäume, gehe durchs hohe Gras. Lasse meine Hände
durch die Grashalme gleiten. Genieße die Natur, den
Geruch der Erde, der Blumen in der Luft. Alles ist
klar und überdeutlich, drückt gegen meine Augen,
die wie Kameras aufnehmen. Erreiche einen kleinen
klaren Bach. Steine liegen im Bett. Kann so trockenen Fußes auf die andere Seite gelangen. Drüben ist
das Gras hoch, kann in der Ferne hohe Berge ausmachen. Bleibe stehen, drehe mich im Kreis und atme
tief ein. Mit allen Sinnen genießen. Sein. Ohne Gestern und Morgen. Einfach Sein. Bin mit mir im Ein-
klang. Gehe über die Steine zurück Richtung der
Bäume. Die Kinder spielen immer noch Fangen und
Verstecken. Schaue ihnen zu. Genieße ihr Lachen.
Erreiche die Mauer, steige darüber, erreiche die Aus-
gangswand aus Backsteinen. Stelle mich wieder mit
dem Rücken an die Wand. Genieße den klaren
blauen Himmel, die Wärme, den Geruch. Ein alles.

Atemsitzung 2

Fühle mich groß und stark. Schaue hinunter und sehe meine Füße in dicken Fellstiefeln. Ich trage unter den Füßen ein Geflecht aus gebogenem Ast und Rindensehnen, so dass ich nicht im Schnee einsinke. Ich fühle mich gut, trage Hosen und Jacke aus dichtem Fell, auf dem Kopf eine Mütze aus dichtem dunklem Fell. Trotz der Kälte fühle ich mich warm und stark und gut. Blut pocht durch meinen Körper und meine starken Muskeln. Bin ein guter Jäger. Habe einen Hirsch erlegt, den ich an Ort und Stelle aufgebrochen habe. Die besten Stücke habe ich auf einen kleinen Schlitten geladen, den ich mittels Schulterschlinge hinter mir herziehe. Ich trage einen Speer, Pfeil und Bogen sind griffbereit auf meinem Rücken. Ich gehe vom Fluss zurück zu unserem kleinen Stamm. In der Ferne sehe ich graue Schatten: Wölfe. Sie bewegen sich am Waldrand, gleich mit mir. Sie halten sich von mir fern. Einen der ihren traf ich mit einem Pfeil unten am Flussufer, als sie näherkamen. Der getroffene Wolf jaulte laut auf, brach zusammen. Die anderen fielen dann über ihn her, zerfleischten ihn. Mich ließen sie fortan in Ruhe. Der Schlitten gleitet gut über den Schnee, die Kufen habe ich mit Hirschtalg eingerieben. Den Riemen habe ich mit einem Fell unterlegt, so dass das Seil nicht in die Haut schneidet.

Die Wölfe bleiben zurück.

Erreiche gegen Mittag mehrere hohe Schneehaufen, mit Fellen behängt. Wir haben diese in guter Pfeilschussweite zu den Zelten errichtet. Ich passiere die Haufen. Vor den Zelten steht ein Jäger, tritt auf der Stelle, um warm zu bleiben. Wir begrüßen uns, er hilft mir, das Fleisch vom Schlitten an das Holzgestell vor den Zelten zu hängen.

Alle Jäger hängen hier ihre Beute auf, so dass alle sich davon bedienen können. Wir helfen einander.

Oftmals gehen wir gemeinsam auf die Jagd. Manchmal gibt es tagelang keine Beute und wir müssen von unseren Vorräten leben.

„Du musst aufpassen, Jagar!", meine ich. „Draußen habe ich Wölfe gesehen. Sie kamen hinter mir her. Weiß nicht, ob sie meiner Witterung folgen werden! Ruf uns, falls sie kommen sollten!"

Jagar nickt.

Ich stecke meinen Speer mit dem Fuß in den Schnee vor das Zelt, in dem ich lebe. Pfeil und Bogen nehme ich mit. Ich schneide auch ein Stück Fleisch vom erlegten Wild und krieche in das Zelt. Hier ist es sehr warm. In der hinteren Ecke glimmt ein Feuer. Zwei Kleinkinder, etwa 3 und 5 Sommer alt, toben, meine Frau hockt hinten und rührt etwas in einem Topf über dem Feuer. Die Kinder jubeln, als sie mich sehen. Die Frau lächelt mich an. Die Kinder bestürmen mich, ich wehre sie ab, übergebe der Frau das Stück Fleisch, gebe ihr einen Kuss. Ziehe erst einmal Jacke und Hose aus, trage dünne Ledersachen darunter. Dann mache ich mit den beiden Kindern einen Spaßkampf. Wir ringen auf dem Boden, lasse die beiden gewinnen. Wir alle lachen. Die Kinder wollen alles wissen, wie die Jagd verlaufen ist. Erzähle ihnen von dem Hirsch, den ich am Fluss mit dem Speer erlegte, den Wölfen. Die beiden lauschen mir mit offenen Mündern. Auch sie wollen große Krieger werden. Wie ihr Vater und die Vatersväter.

Später legen wir uns alle zur Ruhe. Haben noch gebratenes Fleisch gegessen. Die Frau und ich legen uns unter die dicke Decke. Wir küssten uns, dann setzt sie sich langsam auf mich, ich dringe in sie ein. Sie legt ihren Oberkörper auf meinen, kann ihre Brüste spüren. Wir sind ruhig wegen der beiden Kinder. Komme tief in ihr. Mit ihr. Bleiben so liegen. Warm und weich.

Ein Ruf reißt mich aus dem Schlaf. Jagar steckt seinen Kopf ins Zelt und ruft, dass die Wölfe kommen. Ich ziehe mich sofort an, ergreife Bogen und Köcher. Draußen ist es nach der Wärme im Zelt empfindlich kalt. Ziehe mir ein Tuch vor das Gesicht. Sechs weitere Jäger stehen vor den Zelten. Sie alle tragen Bögen und haben Pfeile. Einer deutet auf die Hügel, die wir in günstiger Pfeilschussweite errichtet haben. Sobald die Wölfe diese passieren, werden wir auf sie schießen. Jetzt, in der Nacht, ist alles vom Vollmond erleuchtet. Der Schnee glitzert. Wir sehen graue Schatten, die sich aus dem Saum der Nacht schälen. Sie erreichen die Hügel. Wir alle spannen die Bögen, zielen, einer gibt den Befehl und wir schießen. Dabei haben wir uns früher schon abgesprochen, wie wir auf die Wölfe zielen. Da ich ganz links stehe habe ich auf den Wolf ganz links gezielt. Der erste Pfeil geht knapp vorbei, der zweite trifft ihn in der Brust, er beginnt sich im Kreis zu drehen, der dritte trifft seinen Rücken, der Wolf bricht zusammen. Die anderen Jäger haben auch getroffen, das Aufheulen der Wölfe beweist es. Die übrigen Wölfe ziehen sich zurück.

Wir nehmen unsere Speere, gehen zu den Wölfen und töten sie. Ihre Kadaver hängen wir an die Schneehaufen. Das soll die übrigen Wölfe abschrecken. Wir gehen zurück zu den Zelten. Ich sage meiner Frau, dass alles in Ordnung ist. Ich bleibe noch draußen zurück, die anderen legen sich schlafen. Später wecke ich einen der anderen Jäger, der die Ausschau übernimmt. In meinem Zelt erwartet mich meine Frau. Wir legen uns unter die warme Decke, schlafen.

Später löst sich das ganze Bild in Rot auf, als wäre der gesamte Stamm von kanadischen Soldaten umgebracht worden.

Der Lebensweg

Wer sich ohne Sorgen oder Bedauern am Ende seiner Tage umwenden kann und den Lebensweg hinabblickt, ohne etwas zu bereuen, kann sich freuen – oder ist ein verdammter Lügner.

Inhalt

Lesetipps und Quellen:

Fernando Pessoa – Das Buch der Unruhe

Michael Ondaatje – Der englische Patient / Es liegt in der Familie / Katzentisch

Franz Kafka – Erzählungen / Der Prozess

Bruce Chatwin – Traumpfade / In Patagonien

Curzio Malaparte - Die Haut / Kaputt / Der Zerfall

Louis F. Celiné – Die Reise ans Ende der Nacht

Hermann Hesse – Unterm Rad / Steppenwolf / Das Glasperlenspiel / Lektüre für Minuten

Ernest Hemingway – Wem die Stunde schlägt

Philip K. Dick – Bladerunner / Das Orakel vom Berge / Total Recall / Minority Report

Howard Phillips Lovecraft – Berge des Wahnsinns

Thomas Mann – Tod in Venedig / Der Zauberberg

Anthony Burgess – Uhrwerk Orange

Ilja Trojanow – Der Weltensammler

E. A. Poe – Untergang des Hauses Usher

George Orwell – 1984 / Mein Katalonien

Simone de Beauvoir– Alle Menschen sind sterblich

Louis F. Celine – Die Reise ans Ende der Nacht

Sebastian Faulks - Gesang vom großen Feuer

Aldous Huxley – Die Pforten der Wahrnehmung

William Blake – Die Hochzeit von Himmel und Hölle

Ricardo Piglia – Brennender Zaster

Agatha Christie – Da waren es nur noch neun

R. Ducharme – Vom Verschlungenen verschlungen

In dem vorliegenden Band mit Kurzgeschichten greift der Autor wichtige Themen des Lebens auf: Liebe, Bindungen, Verlust, Ängste und Freude. Dabei bewegt er sich in unterschiedlichen Genres. Die Erzählungen sind vielschichtig und lebensnahe, oft mit einem unerwarteten Ende.

Vom gleichen Autor erschien bereits:

Schriftkram   ISBN Nr. 978-3-759-77013-4

Schrift-Gut   ISBN Nr. 978-3-759-77036-3

Geschichten aus dem Nachbarschaftscafé
                       ISBN Nr. 978-3-759-75293-2